향기 없는 꽃이 어디 있으랴

| 정성수 시집 |

청어

향기없는 꽃이 어디 있으랴

정성수 지음

발행처 · 도서출판 **청어**
발행인 · 이영철
기 획 · 손영국 | 이진수 | 이동호
영 업 · 정수완
편 집 · 김연희 | 김인현
디자인 · 오주연

등 록 · 1999년 5월 3일(제22-1541호)

1판 1쇄 인쇄 · 2005년 6월 30일
1판 1쇄 발행 · 2005년 7월 7일

주소 · 서울시 서초구 서초동 1588-1 신성빌딩 A동 412호
대표전화 · 586-0477
팩시밀리 · 586-0478

E-mail · ppi20@hanmail.net
ISBN · 89-89232-77-5 (03810)

향기 없는 꽃이 어디 있으랴

향기없는 꽃이 어디 있으랴

✻ ✻ ✻ ✻ ✻ 서문 ✻ ✻ ✻ ✻ ✻

전생에 무엇이었을까?
나는 생각했다.
아마 소리꾼이었는지도 모른다고.
확신은 없지만 그런 생각이 드는 것은 내 가슴속에서 많은 소리들이 자꾸만 몸밖으로 뛰쳐나가고 싶어 아우성을 치고 있기 때문이다. 물론, 소리 한 대목 제대로 부를 수 없다는 것도 알고 있다. 그것은 이승으로 건너오는 동안 목소리를 잃어버린 탓이리라. 왜 잃어버렸는지 뚜렷한 기억은 없다. 다만 잃어버렸고 잃어버렸기에 이승에서 글쟁이가 되었나보다. 이제, 소리대신 글이야말로 내 인생의 마지막 위안이다. 이승에서 길가에 피고 지는 수많은 풀꽃들을 보면서 삼류 글쟁이도 꽃이 피고지는 것을 알고 꽃마다 향기가 있다는 것을 알았다. 삼류로 폄하했다고 말하지 마라. 삼류에게도 따뜻한 시선과 뜨거운 가슴이 있다는 것을 안다면.

이 세상에 '향기없는 꽃이 어디 있으랴' 생각하며 펜을 놓치않는 한 글쟁이는 삼류도 행복하다.

전주 덕진연못가에서 장영수

| contents |

1부

봄

꽃 피면 오신다더니

2부

여름 그늘 아래서

3부

가을

낙엽이 지는데

4부

겨울 눈 내리는 밤

향기없는 꽃이 어디 있으랴

봄 꽃피면 오신다더니

〈금낭의 자태〉 – 화백 **강우석**

꽃봉오리는 꽃을 피우겠다는 꽃의 약속이고
그 꽃봉오리를 바라보는 우리들에게는
기다림이란다.

향기없는 꽃이 어디 있으랴

고백

너도 외로워서 나에게 기대지.
나도 외로워서 너에게 기댄다.

거리의 스승 1

1)
전북대학교 앞, 지하도에는
늙수그레한 남자 맹인이 계단에 자리를 잡고
마이크를 들고서서 노래를 부르고 있다.
그 앞에 쭈그리고 앉아 노래를 듣고 있던 나는
하루에 노래를 몇 번이나 부르느냐고 물었더니
두 눈을 깜박 깜박거리며 불만스런 말투로
그렇게 묻지 말고
하루에 몇 곡이나 부르느냐고 물어라 한다.
이래봬도 레퍼토리가 엄청나게 많다면서

순간 생각했다.
내 인생의 레퍼토리는 몇 개나 되는지.
내 십팔번 정태춘의 떠나가는 배를 타고 오면서.

2)
또 그 맹인 앞에 똥 싸는 폼을 잡고 앉았다.
오늘은 수입이 좋으냐고 물으면서.
플라스틱 돈 바구니를 슬쩍 넘겨다봤다.
백원짜리 동전이 한 움큼 있었다. 그 속에
천원짜리 지폐도 몇 장 보였다.

나도 천원짜리 지폐 한 장을 바구니에 던져 주었다.
천원짜리군요 씩 웃으면서 하는 맹인의 말에 깜짝 놀라
어떻게 그걸 아느냐고 물었다.
어디 이 장사를 한 두 번 하느냐며
내장사 부처님처럼
손가락으로 동전모양을 만들어 보인다.

순간 부끄러웠다.
나는 지금까지 무엇을 듣고 살았는지. 혹시
내 귀는 하나뿐인지 귀를 만지면서.

거리의 스승 2

전북대학교 앞, 지하도를 올라오면서
노래하는 그 맹인을 또 만났다. 오늘은 노래를
몇 곡이나 불렀느냐고 물었다.
서너 바퀴 돌렸다고 한다. 그게 무슨 말이냐고 했더니
알고 있는 노래가 100여곡인데
하루에 보통 두세 바퀴를 돌린다고 한다.
얼른 머리를 굴려 산술적인 계산을 해 봤다.
두 바퀴면 200번, 세 바퀴면 300번을 불러야 한다니
노동치고는 상노동이라고 생각하고 있는데
얼굴을 돌려 턱으로 몇 계단 위를 가리킨다.
한 젊은이가 맨 바닥에 머리를 처박고
동냥그릇을 앞으로 내밀고 있었다. 저 젊은이는
오직 구걸을 하지만 자기는 노래를 부르고
돈을 받기 때문에
어디까지나 노동의 대가지 절대 구걸이 아니라면서
돈은 똑같지만 구걸하는 것과 노동의 대가는
차원이 다르다고 하늘과 땅 차이 보다 더 크다고
경제학을 가르치는 교수님처럼 말을 한다.

나는 마음의 무릎을 꿇고
유노동 유임금법 강의 한 대목을 듣고 있었다.

거리의 스승 3

전북대학교 앞, 지하도에는 오늘도 그 맹인이
노래를 부르고 있었다. 그 앞을 지나가는데
노랫소리가 하도 처량하게 들리기에
가만히 들어보니 심청이가 뱃사람들에게 팔려 가는
심청가 한 대목이었다.
비도 오는데 청승맞게 무슨 심청가냐고
핀잔을 주듯이 한 마디 했다.
이렇게 비가 오는 날에는 내 가슴에도 비가 내려
꽃다운 나이에 인당수로 팔려간 심청이가
그렇게 불쌍한 생각이 들어 견딜 수가 없다고 한다.
의외라고 생각한 나는 그게 무슨 말이냐고 물었다.
앓아누워 있는 딸이 15세란다.
맹인은 갑자기 이마에 핏줄을 세우더니
딸을 팔아먹은 심학규란 놈도 사람이냐고
어디 그게 애비가 할 짓이냐고
나도 앞을 못 보지만 나는 그렇게
불학 무도한 짓은 하지 않는다고 코까지 벌름거린다.

그렇다, 세상에는 애비다운 애비가 몇이나 되랴.
거리의 스승에게 물었다. 나는 어떠냐고,
애비다운 애비냐고, 켕기는 뒷자락을 가을비에 적시면서.

꽃봉오리가 희망이다

엊그제 일이었다.
집에 꽃이 없으니 너무
삭막한 것 같다고
화분이라도 하나 사러가자며
아내가 말했다.
꽃가게에는 예쁜 꽃들이 즐비했다.
나는 이꽃저꽃 둘러보다가
꽃이 활짝 핀 화분을 들어 보이며
이 꽃은 어떠냐고 물었다.
꽃을 보며 아내는
꽃은, 봉오리일 때가
활짝 피었을 때 보다 더
예쁜 것이라며 화분을 살핀다.
무슨 그럴 리가 있느냐며
말도 안 된다고 했더니
아내는 혼잣말처럼
꽃봉오리는
꽃을 피우겠다는 꽃의 약속이고
그 꽃봉오리를 바라보는 우리들에게는
기다림이란다.
화분 하나를 사들고 꽃가게를 나오면서

속으로 중얼거렸다.
약속과 기다림이 있는 세상이라…

그렇다. 꽃봉오리가 희망이다.

태극기

처음에는 한 장의 종이에 지나지 않았다.
미술 시간에는 만만한 화지가 되고
때로는 심심한 아이의 종이비행기가 되는
하찮은 일상이었다.
태어난 의미를 몰랐다.
살아가는 이유조차 알 필요가 없었다.
그냥 살았다. 종이는

삼월 하늘처럼 젊고 패기 찬
신참 선생님이 담임이 되어
교실 문을 힘차게 열고 들어왔다.
그리고는 음양의 이치와
건곤감리의 의미를
우리들의 가슴에 불어넣기 시작했다.
그 때부터
우리들은 태극기가 되어 갔다.

아. 태극기는
짓밟히고 찢기어도 바람에 펄럭이고
부딪치고 터지는 길 복판에서도
이를 악물고 눈물을 보이지 않았다.

우리들은 붉어도 아름다운
서로의 상처를 쓰다듬으면서
너와 나의 강을 건너
하나가 되어야 한다는 것을
태극기가 된 후에 알았다.
붉은 깃발과 파란 깃발을 내동댕이치고
함께 바라볼 수 있는 게양대 아래 서기 위하여
세상의 종이들은 태극기가 되어야 한다.

문답

왜, 봄에 꽃이 피느냐고
네가 물었다.
봄이니까 핀다고 말해줬다.

왜, 가을에 낙엽이 지느냐고
네가 물었다.
가을이니까 진다고 말해줬다.

그런 시시한 대답이 어디 있느냐고
네가 말했다.

살아보면 안다고
사는 일은 다 그런 거라고
시시하게 말해줬다.

꽃밭에서의 단상

잊었던 꽃밭을 생각해 냈습니다.
참으로 오랜만에 꽃밭에 서보니
꽃과 나무들이 잡초 사이에서
볼품없이 서 있습니다.
꽃들은 웃자라 불손하게 피어있고
나무들은 버르장머리 없이
가지를 제 맘대로 뻗고 있습니다.
풀 한 포기 뽑아 준 일도
물 한 번 제대로 준 일도
땅 한 번 갈아엎어 준 일도
없다는 생각에 꽃들을 볼
면목이 없었습니다.
우리 집 꽃들은 왜 형편없는지
우리 집 나무들은 왜 저 모양인지
울타리 너머
옆집의 탐스러운 꽃들을 보면서
때늦은 후회를 합니다.

세상의 모든 자식들은 꽃이자 나무입니다.
관심과 사랑만이
탐스러운 꽃을 피게 하고
올곧은 나무로 자라게 합니다.

어떤 질문

나무는 하늘을 보며 사는데
왜, 나는
땅을 보며 살지.

나무는 하늘을 봐도 부끄럽지 않은데
왜, 나는
땅을 볼 때마다 부끄럽지.

너는 아니? 너는 알아?

덕지리에 두고 온 生

혼자서 저녁을 끓여 눈물을 말아먹고
방 가운데 벌렁 누워
낮은 천장의 허물어져가는
백열등을 바라봅니다.
혼자서 밥을 끓여 먹는다는 것은
나에게는 적어도
생을 끓여 먹는 일입니다.
함께 누울 세상이 없어
쓸쓸하다는 생각이 쓸쓸하게 밀려오면
지나가는 바람소리에도
명치끝이 아파 오고
창문 위에 잠시 머물다 가는
초롱한 저녁 별.
바람은 또 어디로 가는지.
덕지리의 가을밤이
낙엽 같은 이불을 끌어당기면
나는 별 밭으로 나가
잃어버린 내 별을 찾습니다.

군불을 때면서

아궁이에 장작불을 밀어 넣다 보면
생은 언제나 숯덩이로
검게 끝나는 줄 알았는데
자세히 보면
삶은 잿속에 있다는 생각이 든다.

활활 타던 불길이 사그라진 뒤
뜨뜻한 구들장을 짊어지고 갈 수 있는 것도
신열에 시달리는 인고의 시간 덕德이었다.

나무가 껍질이 터질 때 울고 난 뒤
붉은 열매를 맺듯이
온 삭신이 녹아내리는 슬픔도 알고 보니
한 줌의 재로 남은 뼈마디가
삶을 우려내던 진짜 눈물이었다는 생각이 든다.

별

밤늦게 술 생각이 나서
친구녀석을 불러내었다.
참으로 오랜만에 마주 앉았다고
생각하고 있을 때
잔을 비우던 친구는
"야, 나 말이야…" 하고
뜸을 드리고는
나를 찬찬히 쳐다보더니
"암이 재발했어" 담담히 말했다.

갑자기 술맛이 싹 달아났다.
더듬더듬 찾았지만 한 마디 위로의 말이
이 세상 어디에도 없었다.
"이제 곧 별이 되겠지"
중얼거리며 창밖을 바라보던
친구와 나는
밤새도록 밤하늘의 별을 따서
잔 가득가득 채웠다.

김맹순 여사, 드디어 배꼽티를 입다

과년한 처자가 배꼽을 내놓다니
말세라고 그것도 한 참을 말세라며
혀를 끌끌 차면서도
박 영감이 음흉한 눈을 떼지 못하는 것은
뭐니뭐니 해도 한 여름 옷으로는
배꼽티가 제일인기라.

처녀 배꼽에 바람이 들어가면
결혼을 해서
임신을 하면 태아에게 영 좋지 않다고
허준 선생이
연필에 침을 발라가며
동의보감에 꾹꾹 눌러 썼것다.

여자의 배꼽은 은밀한 곳인데
은밀할 때만
은밀히 보여줘야 하는 것을
아무데서나 까 벌리면
어떻게 해.
지하에서 공자가 기가 막혀,

자식이 둘이나 되는
이웃 집, 김맹순 여사가
배꼽티를 입고서
한 살이라도 덜 먹었을 때 입어야 한다고
게버끔을 물고서 아랫배를 출렁이네.

망령이 나도 단단히 났다고?
뚱뚱한 아주매 맘을 니들이 알아?

꽃에게

앞 다투어 피는 꽃은
앞 다투어 지고 맙니다.

수능을 잘못 치렀다고
옥상에서 몸을 날렸다는 여학생이나
달리기 코스에 선수들이 너무 많다고
입이 한 자나 나온 젊은이들을 보면서
앞서 가는 것만이 능사가 아니라고
어떻게 가르쳐 줘야 할까 하고
밤새 빨래를 짜듯이 머리를 쥐어짭니다.

앞 다투어 맺는 열매는
앞 다투어 떨어집니다.

아침이 오면
지금 내 생각조차
앞서 가는 것이 아닌가 하고
꽃에게 묻겠습니다.

절시 竊視

내일 오전 중으로 전 학급의 일기장을 제출하라는
카랑카랑한 교감의 목소리가 스피커에서
내 두 손바닥을 때리고 있었습니다.
나는 부랴부랴 일기장을 걷어 붉은 밑줄을 그어대면서
칭찬의 말도, 격려의 문구도, 오 · 탈자 지적도
첨삭을 하면서 일기장 검사를 하였습니다.
늘 때 국물이 흐르는 순자의 일기장에는
이렇게 쓰여 있었습니다.
"어제 밤에도 밤새 아빠와 엄마가 싸웠다.
아빠가 엄마를 깔고 앉아서 개 패듯이 엄마를 때렸다.
엄마는 금방 숨이 넘어가고
아빠는 술냄새를 핑기며 씩씩거렸다,
아빠가 밉다. 아빠가 죽었으면 좋겠다."

순자야, 미안하다. 내가 못 볼 것을 보았구나.

조문

성님이 한양에 가서 출판사나 해보겠다고 떠나던 전날 밤. 쇠주나 한 잔 하자는 전화를 받고 득달같이 달려나갔다. 우리들의 영원한 옴팡집으로. 성님의 양양한 전도를 위하여 쇠주 몇 병을 비웠다. 안주가 떨어지자 성님은 '아줌씨, 써비스 안주 하나 주지. 그럼, 오늘 밤. 내가 확실하게 써비스해 줄게' 하며 수작을 떨었다. '어이구, 저 웬수. 올 때마다 달래' 곱게 눈을 흘긴다. 그 안주가 그 안주일 줄이야. 얼른 알아듣고는 나도 한 마디 거들었다. '달라면 줘. 개밥 퍼주듯이. 옛말에 먹자는 놈하고, 하자는 놈한테는 못해 본다고 했어'

몇 년 후, 출판사를 거덜 낸 성님은 낙향을 했다. 그 옴팡집에서 위로주를 샀는데 알딸딸하게 취기가 돈 성님은 '아줌씨. 그 동안 내꺼 잘 간수혔겠지' 여전한 그 입담에 주모는 '그걸 말이라고 혀. 당근이지. 나, 혼자 산다는 것 모른디어. 오늘 밤, 한 번 줘여주고 가' 눈 하나 끔쩍하지 않고 색골처럼 말한다. 그 말에 성님이 기어 들어가는 목소리로 '아이고. 빳때리가 다 됐는디. 어쩐댜' 하며 '으으윽흑' 하고 웃음인지 울음인지 희한한 소리를 냈다.
'성님, 한 잔 받으슈' 잔을 내밀었지만 성님은 빙그레

웃고 있을 뿐이다. 몇은 저쪽 구석에서 밤고양이 소리를 내며 고스톱을 치고 상주와 식솔들은 팔베개를 하거나 벽에 기댄 채 잠을 청한다. 나는 성님에게 내 술 한 잔 받으라며 밤새 보채고 있었고 성님의 걸디 건 입 담은 술 냄새를 풍기며 향불처럼 타고 있었다.

회한

꽃피는 날은 가고
낙엽 지는 날은 가고

섬광처럼 다가 와
내 온몸의 세포들
눈뜨게 하고
기약 없이 가버린 그 자리에
첫 눈빛과
첫 떨림과
첫 손길만 남았다.

꽃이 피고
낙엽이 지는 동안
나무는
속으로 속으로
아픔을 깨물고 있었다.

몰랐구나.
세월이 흘러도
식지 않는 눈물이 있다는 것을.

목련

그 많은 세월을 건들건들 해찰하면서 걸어왔거나 수고의 땀을 흘리면서 정신없이 뛰어왔거나 여기까지 오는 일들이 모두 너에게 오는 일임을 늦게야 알았다.

목련 아래 당도해 보니 목련꽃 달빛 환하게 봄밤을 간질이고 있었음으로 목련꽃 분분이 지는 안타까움을 올려다보며 여기까지 오는 동안 내 걱정들이 기우였음을 물었으나 대답은 없었다. 목련 너는 이미 내가 왜 묻는지를 알고 있었음으로

봄바람이 목련 너를 한 번 흔들고 지나 간 뒤 네 잎새 피어난다 해도 목련꽃 피었다 진자리마다 굳은 살 같은 옹이들이 딱지처럼 달라붙어 있다가 나비처럼 봄날은 흩어지고 봄이 저 만큼 가고 있는 어느 날, 목련 아래서 고개를 숙인 내 영혼은 또 사소한 걱정들이 기우였느냐고 목련 너에게 되물을 것이니.

구로동 냄비
— 1975년 겨울

그 겨울
연탄불 위의 냄비는
누런 그 양은냄비는
라면 하나
제대로 끓일 수가 없었다.
열 받으면 금방 물은 쫄아
실밥 물어뜯는 사이
마음마저 불어터지는
구로동 냄비.

그대 가슴에 사랑 하나
끓이고 싶어
화덕 아궁이에 엎드려
바람 뜨거이 불어대도
후끈 닳아 올랐다
언제 그랬느냐는 듯이
식어버리는 그대이기에

고까짓 사랑 때문에
고까짓 사랑 때문에
죽어도

동냥은 하지 않겠다고
냄비에게 눈을 흘기다가
라면 한 가닥에
냄비도 깨진다는 것을 알았다.

4월

중늙은이 몇
4월의 냇가에서 불판을 걸어놓고 봄날을 올려놓았다.
불판이 닳아 오르고 봄볕이 지글거렸다. 오늘 따라
삼겹살 굽는 냄새가 더 없이 군침을 돌게 한다.

냇물에 비친 벚꽃이 흐드러지게 제 모습에 취해 있었다.
어디서 나타났는지
벌떼들이 떼거리로 몰려 와 벚꽃을 윤간하기 시작하였다.
벚꽃은 피 튀기는 비명을 질러댔지만
다들 무표정했다. 햇볕은 따뜻하고
삼겹살 한 점이 절실했기 때문이었을까?

한 때는 세상을 일으켜 세우겠다고
붉은 띠로 이마를 동여 맨 채 화염병을 던지면서
게버끔을 물기도 했었다.
한 세월을 건너오는 동안 많을 것을 잃어버렸다.
그 후로는 아무것도 기억해내지 못했다.
호시절은 그렇게 덧없이 갔다.
조종소리는 들리지 않았지만
4월의 끄트머리에 서서 술 한 잔 따르고 돌아와 왔다.
중늙은이 몇 자기들끼리.

꽃은 피고 꽃은 지고

세상의 꽃들은 며칠을 위해서 핍니다.
세상의 꽃들은 며칠을 위해서 삽니다.

꽃은
꽃을 피워서 축제를 벌이는 동안
평생을 하루처럼 살기도 하고
꽃은
꽃이 피어서 눈물을 흘리는 동안
하루를 평생처럼 살기도 하고

봄이 오면 가고 싶어요. 꽃 피는 나라로.
봄이 가면 울고 싶어요. 지는 꽃 보면서.

어느 꽃은 며칠을 위해서 평생을 살기도 하고
어느 꽃은 평생을 위해서 며칠을 울기도 하고

꽃 편지

IMF 때 직장을 잃고 남녘 땅으로 농부가 되어간 친구에게서 참으로 오랜만에 편지가 왔습니다. 설중매가 피더니 진달래 꽃물이 산등성이를 타고 달게 달게 번져온다고, 복사꽃 향기가 울타리 위에 올라서서 자꾸만 눈짓을 한다고, 꽃핀 것을 보다가 문득 자네 생각이 났다고 편지가 왔습니다.

나도 답장을 썼습니다.
그래, 우리 집 베란다에도 봄이 오고 있단다.
군자란이 화분에서 기지개를 켜고, 십자매가 저희들끼리 털을 고르고, 앞산에서는 산벚나무가 곧 꽃망울을 터뜨릴 것 같다고, 편지를 쓰면서, 친구야, 자네 가슴에도 봄이 왔구나. 그 동안 IMF로 얼마나 추었니. 이 대목을 쓸 때는 연필에 침을 발라가며 꾹꾹 눌러 썼습니다.

봄날 풍경

할머니가 손주를 업고 봄나물을 캔다.
소쿠리에 봄나물이 향긋한 봄을 채워가는 동안
손주는 할머니 등에서 오수를 즐긴다.
늘어지게 한 잠을 자고 난 손주놈이 할머니의 은비녀를
꽉 잡고서 진저리를 치더니
할머니 등에다가 지도 한 장 멋지게 그려놓고는
배가 고파 못 참겠다며 뿔 없는 송아지가 되어
주름진 할머니의 젖가슴을 들이받는다.
그러자 할머니 뱃속에서도 개구리들이
우리도 못 참겠다며 일제히 울어 제킨다.
저녁밥을 먹을 때가 되었으니 어서 가자고
할머니가 손주를 업고 가는 것이 아니라
손주가 할머니를 앞세우고 소쿠리를 이고 나선다.

골라, 골라, 천원

시장통 입구에 사람들이 웅성거리기에
무슨 일인가 하고
까치발을 세워 뒷전에서 목을 빼고 봤다.
트로트 가락에 취한 총각 하나가 트럭 위에 올라서서
손뼉을 쳐대며 골라, 골라, 천원. 골라잡아 천원. 외친다.
누군가의 부끄러운 거기도 가릴 것이고
누군가의 시린 등골을 덮을 것 같은 옷가지들이
나는 어떠냐고 나요, 나요, 손을 든다.
가루분 냄새 진한 아낙들이 옷가지를 추켜들고
재빠르게 지갑 속에서 계산기를 두드린다.

석양이 길게 누우면
트럭은 오늘도 남은 것이 없다고
툴툴거리며 하루해를 마감할 것이고
검은 비닐봉지 속의 원색의 꿈들은
아낙들의 마음의 배를 부르게 할 것이다.
골라, 골라, 천원. 누구의 절규인지
천 원짜리 지폐 한 장이 바람에 낙엽처럼 길 위에뒹군다.

내장사 목어

전생에 나무도 아닌 것이 물고기도 아닌 것이
오색단청 꽃구름을 타고
하늘로 솟구쳤다가, 바람에 건들거리다가.
볼수록 해괴하고
생각할수록 알쏭달쏭하다.
이승에서 지은 죄 얼마나 컸으면
배를 째 창자를 꺼내놓고
허공을 더듬어 여의주를 얻었으랴.
내장사 주지가 내놔라
내놔라며 오뉴월 개 패듯이
두들겨 패대도 끄덕도 않는 것은
여의주를 뱉자니
지은 죄를 부는 것이요. 삼키자니
평생이 복통의 연옥이라.
차라리 조석으로 두들겨 맞으면서 깡으로 버틴다.
목어의 눈물 떨어진 자리마다
내장산의 삭신 쑤셔 내리고
천년을 매달려 있어도
나무도 될 수 없는 것이 물고기도 될 수 없는 것이.

유기견遺棄犬 견

누렁이는 사람을 보자마자 냅다
골목으로 튀었다. 지난 초복 날에도 하마터면
보신탕 집으로 끌려갈 뻔했다.

한 달 전, 주인은 빚을 떼어먹고
도둑고양이가 되어 야밤에 도주를 했다.
그 날 아침, 여느 때처럼 늦잠에서 깨어
배가 출출하길래 밥통을 보니
어제 저녁 핥았던 혀자욱이 그대로였다.

마루 밑에서 삼일을 굶은 채로 주인을 기다렸지만
주인은 끝내 오지 않았다. 오늘도 누렁이는
이집저집 쓰레기통을 뒤지다가 옆구리를 채였다.
옆구리보다 먼저 가슴이 아파 왔다.

그러기에 밤이면 밤마다 그리움의 촉수觸鬚를
골목 밖에 내거는 것이다. 누렁이는

여름 그늘 아래서

〈달빛아래〉 – 화백 **정희규**

이승에서는 만날 길이 없어서

강 건너 가면 만날 수 있을 것 같아서

풍천강물 밟고서 떠나갔다고 말해주오.

향기없는 꽃이 어디 있으랴

촌노, 김 노인의 상경기

봉천동 산꼭대기 달동네.
둘째 아들네 집에 와서
어젯밤 쇠주 한 잔 거하게 마신 김 노인은
뒤가 급해 공동화장실로 달려갔는데
칸칸마다
주먹만한 자물통이 걸려 있는 것을 보고
"미친놈들,
누가 거름을 퍼갈 깨미 쇠때를 채워 놔?
이 드런 놈들아, 내가 안 싸고 말지.
그런 드런 짓은 않는다"

김 노인은 침을 택 뱉고 돌아섰다.

선운사에서 연락이 오거든

선운사에
상사화가 만발했다고 연락이 오거든
전해주오. 애닯다, 내 사랑 잚어지고서
손 흔들며 쓸쓸히 쓸쓸히
풍천강 건너갔다고.

이승에서는 만날 길이 없어서
강 건너 가면 만날 수 있을 것 같아서

잎, 다진 뒤 꽃 피고
꽃, 다진 뒤 잎 피고

영원한 그리움에 등을 맞대고
그렇게라도 만나고 싶어서
7 · 8월 뜨거운 꽃 대궁을 밀어 올려
풍경소리 뒤로하고
훠이 훠이
풍천강물 밟고서 떠나갔다고 말해주오.

선운사 주지에게서
상사화가 억수로 피었으니 얼른 오라고
연락이 오거든.

통닭구이

구이통 속에서 살타는 냄새가
큰길까지 고혹적인 몸매로 출렁이고 있다.
다비에서 소리 죽여 흐느끼는 보살들을
담장 아래 만개한 개나리가 위로하듯이
통닭구이가 맨살을 보여주고 있다.
온 몸에 분칠을 하고 연옥 유황불을 견디어 낸
통닭구이. 너, 잘 만났다는 듯
다리 하나를 쭉 뽑아들자
나신이 부끄럽다고
초면에 무슨 무례한 짓이냐고 움찔한다.

누구나 저렇게 돌아갈 것이다.
세상에 올 때는 홀랑 벗고도 큰소리치며 왔지만
갈 때는 베옷 한 벌에도 부끄럽게 갈 것이다.
한 때는 화려히 옷을 걸치고
목청을 다듬어 이승의 새벽을 열었으리라.
쉰 목소리가 주린 배를 채우려
골목을 탁발하러 헤매다가 시주라도 만난 날
아, 창공을 날고 싶어 출렁이는 아랫배로
슬픈 날갯짓을 했을 것이다.
육신을 공양하여 지은 죄 사하려고
벗은 몸이 지금 눈부시다.

용돈

출근길에 아내가 현관에서
만 원짜리 몇 장을 손에 쥐어 주면서
제발 돈 좀 아껴쓰라며
이게 다 살강 밑에서 숟가락 줍기라고
고래 심줄 같은 이 돈이
다 당신 뼈ㅅ골 빠진 것이라고
이렇게 쓰다가는 살림 거덜나겠다고
일장 훈시를 한다.
이것 갖고 어떻게 일주일을 버티느냐고
기름 값에 커피 값에 턱도 안 닿는다고 나는
볼멘소리로 대꾸했다.

생각했다.
아무리 살강 밑에서 숟가락 줍기라고 하지만
여하튼 그 숟가락이라도 자주 주웠으면 좋겠다고.

유리지갑을 열면서
어느 날. 깜밥이라도 한 볼탱이 줍는 날이 없을까
로또라면 더 좋고
좀더 더 달라고 어린아이처럼 땡깡을 놨더니 아내는
눈이 찢어져라 흘겨댄다

그마저도 안 받으면 나만 손해라는 생각에
얼른 꼬리를 내리고 후딱 집어넣었다.

용돈을 타는 날은 어쩐지
목이 컬컬하다.
오늘은 친구 봉구란 놈을 불러내야겠다.

비움과 채움

밥상에 앉으니
위장이 비어 있다고
눈으로부터
연락이 왔다.

저 바닥
채워야 한다는
욕망.

정신없이
퍼 담고 보니
괴롭다.
만복의 고통이

후회한다.

다음
생에서는
비워서 채우리라.
채워서 비우리라.

홍련, 꽃잎을 열다

오이꽃은
열나흘만 지나면 꼬투리가 맺히고
계집은
발목이 한 주먹만 되면 여자구실을 한다는 옛말
하나도 안 틀리네.
유월이 연지문 문턱 넘은 지
겨우 며칠인데
덕진 연못에 가 봐.
봉긋 젖가슴 부푼 홍련들이 잎 사이사이에서
비단잉어 부르는 소리, 수런수런
수런대는 것을.
성질 급한 어떤 년蓮은
연분홍 저고리를 확 벗어 던지고
열난다고 속이 덥다고
연화정 난간에 앉아
홀로 나온 눈썹달과 밤새 입술을 포개네.
출렁다리 출렁출렁
지난날들을 흔들어 보면
흔들리는 수면 위의 짧은 여름 밤
연꽃 한 송이 코끝에 대고
수줍게 눈감으며 어른이 되어 간
열아홉 그 여자가 홍련이 되어 꽃잎을 열었네.

오수午睡

강천산 입구에서 동동주 한 통을 퍼마시고 해롱거리면서 저 산 뒤에 극락이 있다기에 절반은 내 정신으로 절반은 남의 정신으로 길을 따라 오르다가 삼백년 묵은 모과나무 앞을 지나는데 그 아래 가부좌를 틀고 앉아 목탁을 두드리는 부처를 보았네. 그 부처, 두 손을 모아 내게 말하기를 비룡계곡 현수교를 지날 때 절대로 아래를 보지 말라하네. 왜냐고 그 이유를 물은 즉 현수교 아래 소沼에는 천년 묵은 이무기가 승천하려고 비를 기다리고 있는데 행여 침이라도 뱉으면 이무기는 용이 되어 승천을 하고 이 땅에는 다시 비가 내리지 않을 것이라고 다짐하듯 말을 하네. 현수교를 건너며 자꾸만 마음이 아래로 쓰여 나도 모르게 발아래를 내려다보니 나무마다 잎마다 유황불에 타고 있는데아. 글쎄, 바로 극락이 거기 있었네. 눈앞에 펼쳐진 황홀경에 빠져 넋을 잃고 바라보는 그 순간, 그 부처가 이무기로 변해 아가리를 생긴 대로 벌린 채 잡아먹겠다고 달려드네. 깜짝 놀라 비명을 지르며 벌떡 일어나보니 한 바탕 꿈이었네. 여름 한 낮, 개꿈이었네.

가창오리 떼

금강하구에서 겨울을 나는
수십만 마리의 가창오리 떼가
물을 박차고 솟구쳐 올라
새까맣게 하늘을 뒤덮고 오르내리는
군무를 보면서
서로 부딪치지 않는 것은
참으로 황홀한 장관이다.

어제가 건너 와 오늘과 부딪친다.
또 오늘은 내일과 부딪칠 것이다.
아픔으로 부딪쳐
서로의 가슴에 피멍이 든다는 것은
참으로 괴로운 일이다.

왜, 우리들만 모르는가.
저 가창오리 떼들도 아는
서로에게 내어 주는 사이야말로
충돌 방지벽이라는 것을.
부딪치지 않을 만큼 적당한
너와 나
그 사이에
부드러운 신뢰가 있다는 것을
지금 너와 나만 모르고 있다.

어떤 초복날

개장사 김가와 보신탕장사 이가가
한 골목에 살았다.
김가는 이가에게
너는 나 아니면 장사가 안 돼.
이가는 김가에게
너는 나 아니면 굶어죽어.
개 이빨을 내놓고
은근히 으르렁 거렸다.

초복 날 저녁, 계산 끝에
오늘은 우리가 매상이 좋으니
쐬주나 한 잔 하자며
수육 한 접시로 서로의 꼬리를 감추고
권커니잣커니 한 참을 얼큰해졌다.
얼굴이 붉콰해진 이가가
김가야, 너의 개는 진짜 똥개더라.
술잔을 건네받은 김가가
이거 정말, 이가네 수육이 쥑여주네.

부딪치는 술잔마다 찜찜했던 골목이
시원한 오늘은
김가와 이가가 처음 맞는 초복날이었다.

꽃보다 붉은 상처

그 때, 우리는
사랑한 게 아니었습니다.
잠시 쓸쓸한 등을 서로 기댔을 뿐
서로 다른 하늘에서
제각기 빛나던 별이었습니다.
그 별들, 이 땅에 내려 와
잎보다 먼저 꽃을 피우는
목련의 봄날을 보면서
사랑 보다 먼저
이별이 캄캄하다는 것을 알았습니다.
살아가는 동안
잊어야 할 일들이 많겠지만
숨을 거두는 마지막 그 순간까지
당신과의 짧은 만남이
들풀처럼 돋아나도
끝내 눈물조차 보이지 않겠습니다.
한 순간의 만남이
꽃보다 붉은 상처가 될 줄을
그 때는 몰랐습니다.

아내, 레스토랑 앞에서 토라지다

통유리창 안에 사람들이 바글바글한 레스토랑 앞을 지나가는데 아내가 말했다. '이 집이 돈가스가 유명한 집인데 여보, 우리도 수준 있게 칼질 한 번하고 가자' 나는 쳐다보지도 않고 '돼지고기나 두어 근 사다가 푹 삶아서 쇠주나 한 잔하지. 집에 가서' 그 말에 아내가 갑자기 째려보더니 발걸음도 빠르게 씽씽씽 바람소리를 내며 앞서 간다. 아내의 뒤를 따라가면서 생각했다. '그래, 칼질하고 커피숍에 들렀다가 당신 좋아하는 노래방에도 가자. 나온 김에' 왜, 그렇게 말을 못했을까. 이 병은 죽어야 고치는 병이구나. 내가 생각해도 나는 참 한심한 인간이다.

위로

그렇게 펄펄 날던 앞집 셋째가
대학에 떨어졌다고 요즘
잔뜩 풀이 죽었다.
핼쑥한 얼굴이 반쪽이다.

셋째야,
무릎을 꿇은 사람에게는
일어날 수 있다는 희망이 있는 것이란다.
이 겨울에도 길가에서
밟히면 밟힐수록 일어나는 풀꽃을 보고
지금, 낮은 자세가 봄을 불러
훌쩍 자랄 수 있음에 마음을 두어라.

실패와 좌절에
흔들리지 않을 사람이 있으랴만은
그 고통이 끝나고 나면
풀꽃의 작은 향기가 네 것이란다.
쓴 약 같은 시간들이 너를 키워냈다는 생각에
비로소 어른이 된단다.

산수유

섬진강.
강물을 팔아먹는
간 큰 사내가 있다기에
한 수 배우고 싶어서
정신없이 갔더니
사내는 보이지 않고
강물은 그대로일세.

청류에 낚시 드리우고
은어를 부르는 화동에게
사내의 행방을 물었더니
아마 지금쯤
물 따라 길 따라
구례 지나 화계장터에서
얼큰해졌을 것이라고
쌍계사에서 하산하여
곡주를 마시는
노승처럼 말하네.

섬진강 재첩국물 한 사발에
나도 얼큰해져

산수유 꽃구름 속에서
봄의 문턱을 베고
샛노란 꿈만 꾸다가 그냥
왔네, 그려.

불경기

사스미가 기똥차다는 금강 하구둑
바닷가 포장마차에서
하루의 노동을 마친 강씨는
오뎅국물에 소주 몇 잔을 걸쳤더니
요강이 자꾸만 비워달라고
아랫배를 잡아 땡기기에 화장실에 갔다.

온 낯짝에 코피라더니
화장실이 고스톱 판인 줄 알고
문짝의 아랫도리를
반절도 더 덮치고 있는 똥광.
보는 순간 갑자기 큰 것이 보고 싶어
광을 팔러 안으로 들어갔다.

쭈그리고 앉아 밑을 보니
바다가 보이는데
어라, 이것 봐. 똥바다네.
불경기에 얼마나 시달렸는지
바다의 얼굴이 누렇게 떠 있었다.
이마의 핏줄을 세우는
공사판 잡부 강씨의 주름살도 똥광이다.

복날

맛으로 끝내준다는 춘포집에서 땀을 뻘뻘 흘리며 소주 한 병에 보신탕 한 그릇을 해치우고 만복으로 이빨을 쑤시면서 그 집 문 앞을 나서는데. 어라, 개가 사람을 끌고 가네. 자세히 보니 사람이 끌려가는 게 아니라 개가 맹인에게 길을 인도하고 있었다. 짐승이 사람보다도 낫다고 생각하면서 물고 있던 이쑤시개를 뱉고 입가심껌 껌 종이를 길바닥에 휙 던졌다. 개가 이런 내 모습을 힐끗 보더니 참, 개만도 못한 인간 같으니라고 하며 눈을 부라리면서 맹인에게 쳐다도 보지 말라며 어서 가자고 코를 끙끙거린다. 오늘 보신탕 잘 먹고 완전히 개망신 당했다.

국경찔레

산기슭 양지쪽에서 늘
혼자라는 것은 너무 외롭다는 생각이
꽃으로 핀
찔레꽃 위에
나비 한 마리 고요히 내려앉았다.

찔레꽃은 가슴속에 감옥을 만들어
나비를 가두어 놓고
사랑했다. 아무도 모르게
사랑을 하면서도 찔레꽃은
어느 날, 나비가
소리도 없이 훌쩍 날아가 버릴 것 같은
불안한 생각이 불안하기 시작했다.
그럴수록 찔레꽃은
향기를 짙게 짙게 내 뿜었다.
향기에 취해 잠들기를 바라면서

그래도, 영 마음이 놓이지 않아
찔레꽃은 영원히
나비를 붙잡아 두고 싶어
감춰뒀던 가시에 독을 발라

나비의 두 눈을 찔러버렸다.

그 때 부터, 찔레꽃은
봄이면 온 몸에 가시가 돋아 붉은 꽃을 피우고
그 때 부터, 나비는
겨울이 오면 눈이 먼 눈이 되어 더듬더듬 내리고.

변 과장의 오십견

오십 고개 넘어 길가에 주저앉아
시린 발목 주무르고 있던 변 과장이
가로수에 다리 하나를 걸치고 볼일을 본다.
그것도 시원찮게 찔찔찔.

망가지고 깨져서 감가상각이 끝나
세우는 일조차 변변치 못해 그게 안 되는 날은
그것도 못하느냐고
거기도 못 찾아오느냐고
제대로 할 줄 아는 게 한 가지가 없다며
아내는 쫑코를 준다.
오늘도 헛발질에 한 방 먹은 변 과장은
더 바짝 오그라들고
아내는 등을 보이며 이내 돌아눕는다.

내게 해준 게 뭐가 있느냐는 아내의
비수둔부에 앞자락을 밀착시키고
쌩땀을 흘리며
거친 숨을 헐떡거리고 있는 나는
누구냐.
남자가 오십견을 앓으면 굴욕도
때로는 단맛을 내는가.
뒤척이며 변 과장은 밤새 생각을 더듬는다.

비가 오는 날에는

여편내에게 빈대떡이나 부쳐달라고 해서 애새끼들 하고 동그랗게 먹고 싶기도 하고 보신탕에 쇠주 한 잔 걸치고 힘이나 한 번 써보고 싶기도 하고, 아니면 요 앞, 골목다방에 가서 노가리나 까면서 춘자란년 엉덩이나 슬슬 더듬어 봐. 그것도 아니면 친구 놈의 복덕방에 가서 민속화나 그려? 비 맞은 암탉하고 꽁지빠진 장닭하고 싸움이나 부쳐봐? 비가 오는 날에는 쓰잘때기 없이 싸돌아다니지 말고 집이나 잘 지켜야겠지? 누가 알아. 어떤 놈이 여편네를 업어갈지. 집구석에서 낮잠이라도 자야지. 안 그래?

비 오는 날의 오후 3시

부부가 덕진연못으로 산책을 나갔다.
비 오는 날의 오후 3시
연지목교를 건너가는데
왼손으로 여자의 어깨를 꽉 끼고
오른 손으로는 우산을 추켜잡은 남자와
반쯤 남자의 가슴속으로 들어간 여자가
우산 속에 작은 둥지 하나 튼 채
곁을 스쳐간다.
그 모습을 본 남편이 언제 저런 때가 있었던가
생각하고 있는 순간 아내는
남편의 표정을 슬쩍 훔쳐보고 있었다.
아내는 남편의 옆구리를 교태롭게 꾹 찌르면서
생각나느냐고 물었다.
전혀 기억이 없다. 남편은
아내가 뭘 묻는지 감조차 못 잡는다. 그러나, 아내는
또렷이 기억하고 있었다. 비 오는 날의 오후 3시
남편의 무명지 손가락에서는
노랗던 가락지가 누렇게 변해 가고 있었고
아내는 빗소리를 내고 있었다.
비 오는 날의 오후 3시

큰손과 개미들

증권회사 전광판의 숫자들이 빨갛게 웃다가 파랗게 죽어간다.

큰손은 손이 커 쥔 것이 많아서 치고 빠지고 빠졌다가는 다시 들어온다. 그러나 손 보다 더 큰 것은 쥘 수가 없고 쥐고 있는 손으로는 더 이상 지갑 속을 채울 수가 없다.

언제 밟혀죽을지 모르는 개미들은 땀과 눈물로 이 세상이 만들어졌다고 우겨대도 세상의 바다는 물 한 방울 튀기지 않는다. 큰손들이 두 팔을 휘저으며 뛰는 발바닥에 화석처럼 무자비하게 제 몸을 찍어 가는 개미들. 터져 나온 내장을 아무리 큰손으로도 쓰다듬을 수 없다는 것을 누가 모르겠는냐만은.

점심시간 증권회사 앞
잔치국수집에서는 국수를 한 사람에게 한 그릇씩만 팔고 있다.

동창회

며칠 전 초등학교 동창회가 모교에서 있었다. 주차장에 차를 세우려고 하는데 내 차 몇 대 값이나 되는 삐까삐까한 외제차가 들어왔다. 몇 사람이 우르르 그 차로 몰려들었다. 오늘의 주인공이 등장하는 순간이었다. 소매 끝이 번질번질하던 코찔찔이. 앞이 빠진 도장구라고 놀려댔던 그 녀석. 서울 한 복판에 빌딩이 있고 근교에 수 만평의 금싸라기 땅을 가졌다는 코찔찔이가 시의원이 되었다. 축하 겸 동창회였다. 물론 그날 경비 일체를 그 친구가 책임을 지니 부담 갖지 말고 꼭 참석하라는 회장의 전화를 몇 통이나 받았다.
동창회는 시작부터 그 녀석의 옆에 달라붙어 알랑방귀를 뀌고 있었고 삼류시인인 내게는 지나가는 말투로 요즘 잘 지내지 한 마디로 끝이 났다. 쉬파리들이 계속해서 안주에 쉬를 슬어놓는 동안 나는 소주잔을 홀짝거렸다. 목구멍으로 소주가 넘어갈 때마다 소주가 썼지만 왜, 소주가 이렇게 쓰냐고 한 마디를 못했다. 비굴하게도.

변비

나만 변비인줄 알았는데
우리 집 앞 골목도 변비를 앓고 있었다.
보도 경계석 너머로 한 쪽 발을 디밀고 선 좌판들이
길을 한 볼탱이 베어먹고 소화가 안 되는지
오만상을 찌푸리고
간밤의 취기가 덜 깬 차들이 무단 주차를 한 채
뱃속에 가스가 찬다며 이따금 클랙슨을 울린다.
멀미 사이사이를 뚫고 나가야
겨우 빠져나갈 수 있는 골목.
이렇게 속이 거북하고 메시꺼릴 때는 배를 꾹꾹 눌러
생방귀라도 뀌고 나면 누렇게 뜬 얼굴에 화색이 돌까?
싱크대의 물이 빠지지 않는다며 새벽부터 아내는
지난 번 보수공사가 순전히 엉터리라며 수챗구멍을
젓가락으로 쑤셔대고
나는 화장실 변기에 올라앉아
이마의 핏줄을 세워
딱딱하게 굳어버린 생을 뒷문으로 밀어낸다.

물고기

화석이 되고 싶다.
돌 속 깊이 숨어 있다가 몇 만 년 혹은 수억 년 뒤.
어느 날, 그대에게
우연인 것처럼 들켜버리고 싶다.
형체가 지워지고 몰골을 알아볼 수 없는 가시로
그대의 심장을 쑤셔대며
그대의 손바닥에 올라앉아
그대의 눈물을 받아먹고 싶다.
내가
눈을 뜨고 잠을 자는 것도 다 그대가 그립기 때문이고
눈물을 흘리지 않는 것도
그대에게 한꺼번에 쏟아 붓고 싶기 때문이다.
다음 생에서 그대를 만날 때 한 마리 야명조로 태어나
이 산에서 저승의 반을 울다가
저 산에서 이승의 반을 울다가
눈을 뜨고 자는 것도 눈물을 흘리지 않은 것도
다 그대 때문이라고
입은 있었으나
그 말 한 마디를 하지 못하는 벙어리였다고
화석처럼 말하고 싶다.

가을 낙엽이 지는데

〈구절초〉 – 화백 **이건옥**

어느 하늘 아래 떨고 있을

젊은 날이

내게 다시 온다면,

그 여자가

내게 다시 기대 온다면.

향기없는 꽃이 어디 있으랴

대한독립만세

남몰래 짝사랑하던 그녀가
남자친구와 헤어졌다며 눈물을 흘렸습니다.
나는 속으로 박수를 쳤습니다.

드디어, 사촌이 논을 팔아먹었습니다.

맹 교감, 추월하다

정말이지, 남의 뒤를 따라간다는 것은
죽기보다도 싫다. 맹 교감은
핸들을 확 좌로 꺾어
중앙선을 넘어서 앞차를 뒤로 제꼈다.
뱃속이 다 시원하다.
맹 교감은 늘 이런 식이었다. 평교사 시절에도
매사에 앞장을 서야 직성이 풀렸다.
학교 일은 자기가 아니면 안 되고
술자리에서도 좌중을 흔들었다.
수첩의 깨알 같은 윗분들의 애 · 경사는
한 건도 놓치지를 않았다. 그러다 보니
손금이 다 닳아 보이지를 않았다. 당연히
교감도 빨리 되었다. 교장 강습도 일찌감치 끝내 놨다.
이번 9월 1일자에는 교장 발령이 난다. 그것도
쟁쟁한 선배들을 제치고.

맹 교감은 힐끗, 룸미러를 보면서
뒤에다 대고 한 마디 뱉었다.
"이놈들아. 나보고 '맹' 하다고?
조또 모르는 새끼들이, 까불고 있어."
이런 맹 교감을 보고 중앙선이

옐로카드를 들어 보이며 경고를 한다.
"맹 교감, 조심하게.
잘못하다가는 인생도 추월하는 수가 있어.
이 사람아, 정신 차려."

부를수록 서러운 어머니라는 이름

어머니가 동네 잔칫집에
일하러 가시는 날에는 나도
따라 나섭니다.
남세스러우니 따라오지 말라며
돌아올 때
맛있는 것을 얻어다 주겠다는 말에도
기를 쓰고 어머니를 따라가는 것은
잔칫집에 가면 하얀 쌀밥에 고깃국을
실컷 먹을 수 있기 때문입니다.

과방에서 많이 먹으라는 눈짓을 올려
꾹꾹 눌러 퍼 준
어머니의 고봉밥 한 그릇을
마파람에 게 눈 감추듯 먹어 치우고는
그래도 양이 안차
앞상 뒷상, 어른들 틈에 끼어 앉아
떡이며 과일이며
이것저것 지범거립니다.
그것도 모자라
어머니가 옆구리로 슬쩍 건네주는
돼지고기 부침개를 한 입 가득 물고

우물우물 먹을 때는
목구멍으로 넘어가는 것이
그렇게 아까울 수가 없습니다.

오늘 저녁에도 아내가 부쳐 준
돼지고기 부침개를 먹습니다.
이렇게 크고 보기에도 좋은 부침개가
왜 맛이 없을까요. 어머니,
오늘밤은
당신이 주신 부침개가 보름달 보다 더 큰
둥근 배腹가 되어
밤새 내내 아파트 베란다에 걸려 있습니다.

취중독백

누구나 한 때는 정의를 위해서라면
죽는 일 조차도 두렵지 않노라 생각을 했었지.
고독한 영혼의 맑은 외침이 세상의 골짜기를 울려
외로움을 달래보려던 시절이 있었지.

우리는 그렇게 배우지 않았던가. 입신양명을 위해서
권력의 사타구니 밑을 기어서는 아니 된다고.
세상이 두 쪽 난대도 내 사전에는
절대 그런 일은 없노라고 큰소리로 말했었지.

알에서 갓 깨어난 병아리가 눈부신 세상을 기도할 때
교문을 나서는 천근이나 될 것 같은 발걸음이
한 덩어리의 찬밥을 위해서는
간조차도 빼 주어야 한다고
기회라고 생각되면
무릎을 꿇는 일도 서슴지 말아야 한다고
바람 속을 달릴 때는
권모에 술수까지 끼어 입어야 얼어 죽지 않는다고
아무렇지도 않게 말했지.

이 사람아, 그 맛을 아는가. 타협의 쏠쏠한 맛을.

한 여자를 업어 온 후로는 굴종조차도 단물인 듯
핥아 대면서 스스로 개가 되었다네.
만복의 기쁨을 위해서는 의리고 나발이고
어떤 희생도 치룰 수 있다는 생각이
혓바닥의 굳은살이 되어 같다네.

지금, 나는 취했고
끝내는 인두겁을 쓴 한 마리 승냥이가 되어
냄새나는 시체들을 뒤적이면서
금이빨마저도 절취하고 있지 않은가
치사한 놈은 내가 아니라 세상이라고 투덜대면서.

모녀

리어카에 채소를 파는 모녀가
시장 골목 짜장집에서 짜장면을 시켰다.
곱빼기와 보통을 놓고서
"엄니가 곱빼기 먹어"
"아녀, 니가 곱빼기 먹어. 배고풀틴디"
"엄니는 아침도 안 먹었잖여. 얼른 먹으랑게"
"니가 먹으랑게"
짜장면 그릇이 모녀 사이를
밀려왔다 밀려갔다 하는 사이에
짜장면은 둘 다 곱빼기가 되었다.

아내

커피 잔을 들고 베란다로 나갔다.
밤하늘 별들이 참 곱다고 생각하고 있는데
아내가 다가 와 묻는다.
"뭘, 그렇게 생각해"
갑자기 아내를 놀려주고 싶은 생각이 들어
"응—, 애인 생각"
아내의 눈이 토끼 눈이 되더니
"그 여자, 누구야"
나는 아내의 두 볼을 감싸쥐면서
"이 여자"
하며 아내의 눈을 바라보았다.
아내는 "피—" 하더니 수줍어했다.
참으로 오랜만에 아내의 귓불이 빨개지고
밤하늘의 별들은 더 총총하다.

안경

오랜만에 벽장 정리를 하였다.
먼지 낀 어머니의 반짇고리
열어보니 돋보기안경 하나, 한 눈에 봐도
어머니의 안경이다.
잊고 가신 어머니의 안경.
와락 안경알이 흐려진다.
가시는 길
얼마나 급했으면 안경을
잊고 가셨을까.
천국에서 바늘귀는 어떻게 꿰시려고.
맨눈으로는 이제
심 봉사라고 하시던 어머니.
안경알을 닦아 끼어본다.
웃고 계시는 어머니의 눈, 따뜻한 안경알.

게의 눈물

옆으로 걷는 것은 게가 할 도리가 아니라
개들이나 하는 짓이라고
어미 게가 자식 게에게 유언을 하였다.
그 게 자식이 자라
몇 푼을 받은 것은 당연히 죄가 되고
수억을 먹은 것은 관행이라고 괴상한 논리를 폈다.
게 떼들은 옳거니옳거니 박수를 쳤고
그 박수소리
하수선한 세상을 아는지 모르는지
진흙탕 싸움에 정신이 없었다.
발목잘라내기, 물어 죽이기 게임도 가지가지
화전투해*의 종말이 냄비 속
게탕이라는 것조차 모른 채
뻘밭에서 빛나는 집게 발가락을 훈장처럼 높게 들었다.
캄캄한 게 구멍 앞에서
고름은 짜내야 상처가 아물고
눈물을 펑펑 쏟아낸 후에 가슴이 후련하다는 것을
옆으로 걸으면서 알았다. 게는

*화전투해(火田鬪蟹) : 불발 속의 게 싸움.

우정, 부음訃音이 되다

초승달이 골목 끝 감나무 가지에 사뿐히 걸터앉은 초저녁이었다. 그녀와 나는 포장마차에서 아직도 벌건 하늘을 따라 마셨다. 어깨를 툭툭 치며 히히덕 거리면서 밤이슬이 내릴 때까지. 우리는 늘 그랬다. 남녀 간에도 친구가 될 수 있다는 것을 서로의 눈 속 깊이 증명하고 있었다. 우리들의 우정은 돌처럼 굳어가더니 바위가 되었다. 세월이 몇 바퀴 굴렀다. 바위는 늘 그 자리에만 있어야 되는 것 인줄 알고 있었다. 어느 날, 갑자기 바위가 흔들리더니 그녀는 한 남자를 따라 갔다. 나는 정을 들어 바위를 깨기 시작했다. 선혈은 강이 되어 흐르고 정 소리는 내 가슴을 쉴 새 없이 찍어대기 시작했다. 바위는 산산조각이 났다. 그리고는 모래알이 되어 흐린 날에는 곡소리를 내며 강가에서 각혈 같은 날궂이를 하고 있었다.

쇠주 한 잔 걸치고 싶어서

밤 9시 뉴스를 보고 나니 속이 메스꺼워 쇠주 한 잔 걸치려고 포장마차 목의자에 엉덩이를 부쳤다. 쇠주병 따라 나온 조갯국. 안개처럼 뽀얀 국물 속에서 조개들이 입을 쩍쩍 벌려 창자까지 다 보여 주고 있는데 햐, 이놈 봐라, 한 놈이 겁도 없이 입을 앙다물었어. 먹었으면 전말을 토해내라 해도 입에 자물통을 채웠는지 묵묵부답이네. 이런 때는 얼른 이실직고하는 게 신상에 좋다며 어르고 처대도 내가 입을 여는 날에는 여러 놈 다친다고 오히려 공갈을 치네. 자라보고 놀랜 가슴 솥뚜껑만 봐도 놀랜다고 뻘물을 몽땅 먹은 꼼장어란 놈 뒤가 구린지 옆자리에서 몸을 사리는 꼬락서니하고는. 에랒이 스팔, 저것들을 그냥 냄비째 확 던져버려. 얼래. 오늘 밤 쇠주 맛은 완전히 맹물이네.

왜, 내 가슴은 시린가

그 여자를 만났다. 커피숍에서
커피를 시킬 때에도
커피가 나온 후에도
그 여자는 말이 없었다.
그 여자와 나 사이의 강이
너무 넓었던 까닭이었을까.

알고 있었다.
강 건너 포도밭이 큰
집에서 그 여자가 살고 있다는 것도
해마다 팔월이면
그 여자의 눈물이 온통
포도 빛이 되어 그렁거린다는 것도.

십년이란 세월을
강가에서 서성이었지만
단 한 번도
그 강을 건너지는 못했다.
참으로
강은 깊고 멀리 흘러갔다.

커피 잔을 만지작거리고 있는
손이 아직도 하얗다고
생각하고 있을 때
그 여자는
참고 있던 포도 빛 눈물을
찔끔 흘리고 있었다.

그 여자를 만났는데 왜 내 가슴은 시린가.

나쁜 놈들

하느님은 지금
낮잠을 자고 계신다.
그 사이

아침 먹고
점심 먹고
저녁 먹고
하루 세끼 꼬박꼬박
다 챙겨먹고
그것도 모자라 아무도 모르게
받아먹고
뺏어먹고
훔쳐먹고
이런 나쁜 놈들.

하느님이 잠에서 깨기만 해봐라.
내, 이놈들을 그냥
모두 일러바치겠다.

봉숙이

한 참 작업 중에 단속반이 들이 닥쳤다.
또 걸렸다.
물어볼 것도 없이 구류나
벌금을 물어야 한다고 생각하니
기분을 잡쳐 버렸다, 봉숙이는 사내를 밀어내면서
지미럴, 심청이가 몸을 팔았을 때는
효녀라고 염병을 떨고
내가 꽃을 팔은 것은 죄가 된다고?
인신매매는 괜찮고 꽃값은 안 된다니
다 몸 팔기는 마찬가지인데.
돈도 빽도 없는 년은 어쩌란 말이냐고
볼멘소리를 한다.
문밖에서 뚱띵이 포주가 또 염장을 질렀다.
야, 이년아. 하필 그때 지랄이야. 조심 허지.
벌금은 네 돈에서 깔랑게, 그리 알어.
봉숙이는 생각할수록 열이 뻗쳐.
밖에 대고는 한 마디 뱉었다.
제수 더럽네.
그래. 우리 아버지도 봉사다. 어쩔래. 이제, 됐냐?

오늘은 완전히 옴 붙은 날이다.

매화 분재

눈을 감고 있어 죽었나 싶어 가지를 꺾어보니 매화나무가 붉은 꽃잎을 내밀고 있다. 눈보라 치는 엄동설한에 봄을 꿈꾸느라 눈을 감고 있었을 줄이야! 그 붉은 화답이 가슴을 친다.

사는 일도 그러리라. 때를 기다리는 것, 조용히 침묵하는 것. 서로에게 건네는 따뜻한 온기로 끊임없이 눈짓을 보내는 일이다. 아니면 저마다 이승과 저승의 경계선에서 살아서도 죽은 듯 죽은 듯 살아서 나에게 내미는 뜨거운 안부이거나. 너에게 보내는 뭉클한 몸짓이거나. 아니겠나? 묻고 있는데 매화나무가 내미는 붉은 화답이 핏빛으로 터진다.

만추

여기서, 헤어지자고
손을 내미는 사람아.
돌아서서 가는 그대의 쓸쓸한 뒷모습에
어둠 겹겹이 밀려오고
한 여름, 그대와의 뜨거웠던
격정의 순간들이 식어가고 있다.

낙엽, 우수수
내려앉는 이 가을은
나도 돌아가야 할 때.

곧 눈보라 밀려와
한 평의 땅마저 펴내기 힘들기 전에
우리들의 지난날들이 낙엽답게 떨어진다.

안녕 이라고
얼굴은 웃고 있지만
속으로는 입술을 깨물고 있는
노란 가을 날.
그대의 따뜻했던 손
잡았던 체취는 내 오래된 기도.

사죄하는 마음

그 여자가 몸을
기대 왔을 때
무슨 큰일이라도 나는 줄 알고
나는 슬며시 몸을 뺐다.

혼돈스럽고 안타깝던 내 젊은 날.
뒤돌아보니
그 여자의 큰 눈에 고였던 눈물이
지금도 그렁거린다.
갈래머리 까맣던 여자. 그 여자.

어느 하늘 아래 떨고 있을
젊은 날이
내게 다시 온다면.
그 여자가
내게 다시 기대 온다면.

외통수

덕진 공원 남자 화장실에서 이 엄동설한에 그것도 맨바닥에 신문지 몇 장 깔고 앉아서 사내들이 장기를 두고 있다. 꾸질꾸질한 사내들 몇 장기판을 에워싸고 훈수를 하고 있었는데 변기통 앞에서 바지춤을 올리며 나도 어깨 너머로 목을 늘여 훈수의 눈길을 보냈다. 외통수에 몰린 한 중늙은이는 한 수 물리자며 비굴하게 웃고 있고 앞에 앉은 젊은이는 장기 두는 사람 어디 갔느냐며 헛기침을 하고 있다. 살면서 막다른 골목에서 외통수를 만났을 때 확, 생을 엎어버리고 싶었던 적이 몇 번이었던가. 간절하게 생각하고 있을 때 얼음장 깨지는 소리가 고막을 때려 화들짝 놀라 토끼눈을 떴는데 쓰팔, 한 수만 물리자는데 치사하다며 중늙은이가 장기판을 엎어버린다. 흩어진 장기 알이 갈 길을 잃고 분노하고 있었다. 길을 잃어버린 사람들은 길을 찾지 않는다. 잃어버렸기에 찾지 않고 찾지 않기에 길을 잃어버린 것이다. 당신도 외통수에 몰리면 생의 판을 엎어버릴 것인가.

그대에게 쏘는 사랑의 화살

그대의 머리 위에
아담스 애플 Adam' s apple을 올려놓고 나는
윌리엄텔이 되어
석궁의 시위를 당겼다.
화살이 날아가 아담스 애플을
정확히 꿰뚫는 순간
나는 내 목울대를 움켜쥐고
지상의 낙원을 굴렀으니
그대의 심장은 터지고 붉은 피가 튀어
내 온 몸을 적시었다.
그 때부터 나는
그대에게 눈이 멀었고
그 화살은 내가 가야할 길을 인도하는
흰 지팡이가 되었다.
오늘도 내가 쏘는 화살은
사랑의 화살이 되어
그대를 향해 날아가고 있다.

누구십니까

그대여, 그대라는 말에는
꽃냄새가 난다.
이 세상 어디에서나 꽃은
수 없이 피고 수 없이 지지만
그 많은 꽃 중에 단 한 송이로 다가오는
그대라는 사람은
바라볼 때마다 향기 같은 꽃이다.

당신이여, 당신이라는 말에는
눈물이 난다.
사는 날, 언제든지 눈물은
즐거울 때도 흐르고 슬플 때도 흐르지만
수많은 세월 속에서 위로가 된
당신이라는 사람은 부르면 부를수록
눈물 속에 떨어지는 별 같은 사람이다.

어느 때는 내 등 뒤에 서 있다가
어느 때는 눈앞에 와서 웃고 있는
그대는, 당신이라는 사람은
누구십니까.

숲을 보다

멀리 숲이 참으로 아름답다.
그 숲을 그림이라고 불러줬다. 그림을 열고 들어갔다.
나무들이 울고 있었다.
어떤 나무는 무릎을 꿇고 눈물을 받아내고 있었고
어떤 나무는 큰 나무 아래서 하늘을 보게 해달라고
칭얼거리고 있었다. 어떤 나무는 상처투성이다.
나무라고 해서 꽃피는 날들만 있는 것이 아니었다.
때로는 비바람에 흔들리다가 때로는
익기도 전에 열매가 떨어지고 천둥번개에 놀라
밤잠을 이루지 못하는 것이 나무들이다.
나무들의 고통이 모여 숲을 이루고 그 숲,
그림이 되어 있었다.
사는 일도 그렇다.
누구나 다 행복해 보이고 누구나 다 웃고 있는 것 같지만
속으로 곪은 데가 있고
소리치며 울고 싶어도 어디다 대고 울 곳이 없다.
사람들은 누구나 감추고 싶은 상처가 있고
말못할 아픔이 있다.
이름 없는 나무들이 하나의 기둥이 되기 위해서
그 많은 날들을 서서 견디듯이
사람의 마을에서는 가슴을 비벼

그 뜨거움으로 서로를 다독이어야 한다.
우리들은 알고 있다.
나무들에게는 닿지 않는 하늘이 있고
사람들에게는 참아낼 수 없는 진한 고독이 있다는 것을.

자식놈의 수염

식탁에 마주앉은 자식놈이 턱주가리를 슬슬 쓰다듬는 거
볼수록 건방구지면서도 한 편으로는 듬직하게 뵈는 게
애비의 마음인가.

문득, 수 십년 전
이웃집 아저씨가 구둣솔 같은 수염을 내 볼에 문지르면서
귀엽게 생겼다고 말 할 때
따끔따끔한 아픔도 아픔 이였지만
입에서 나는 깨골창 냄새에
먹었던 것을 토할 뻔했던 기억이 떠올랐다.

까칠하게 자란 자식놈의 수염이
조조 수염이 아닌 염소새끼 수염이 아닌
탱자가시처럼 어디 곪은 데를 골라서 따거나
바늘이 되어 헤진 옷이라도 꿰맬 수 있을 것 같아
내심 안도를 했다.
나도 모르게 내 턱을 더듬으면서.
서리 맞은 풀잎처럼 히끗히끗한 내 수염을 쓰다듬으면서.

사랑한다, 막내야

세상에는 많은 형제들이 있다는 것
너도 알고 나도 알지. 막내야
한 뱃속에서 나와, 같은 젖을 빨면서
한 이불을 덮고 잘 때 그 때, 행복했었지. 우리들은
몸뚱어리가 커지고 머리통이 굵어지면서 제 각각
다른 생각을 한다는 것
서로에게 상처를 주고받으면서
마음의 빗장을 채운다는 것, 슬픈 일이지.
부모님이 살아 계시는 동안 그 나마
형제라는 말 떠올리며
내키지 않는 발길을 서로에게 향하지만
훗날을 생각하면 어두워지는구나. 막내야
이 세상에 경계해야 할 것 중의 하나가
한 핏줄이기에 쉽게 대하지 말고
서로의 책임을 묻지 말아야 한다고 생각하고 있을 때
가족이라는 이름의 수레를 끌고가는 너는
건성건성 따라가는 형보다 더 형兄스럽구나.
막내야, 너는 알지. 너는
아버지의 희망이었다는 것을, 어머니의 자랑이었다는 것을
형만한 아우가 없다는 옛말, 지금은 무효지?
그렇지? 막내야.

면회

노인복지병원에 아버지를 입원시키고
한 달에 두 번 있는 면회 날을 찾아갔다.
부스스한 머리에 까칠한 수염으로
면회실에 마주 앉은 아버지의 모습은
영락없는 거지꼴 이였다. 나를 보자마자 아버지는
절반은 웃고 절반은 울고
나는 창밖을 보며 그저 멍청해지고.

자꾸만 뒤를 돌아보는 아버지를
억지로 병실에 밀어 넣고
병원 문을 나서면서 생각했다.
강원도 철원 땅으로 군대 생활을 하던 아들을
면회하고 돌아갈 때 아버지의 마음이
지금 내 마음과 같았을까?
수 십 번을 생각해 봐도, 그 때
아버지의 마음을 따라갈 수가 없을 것 같다.

말이 입원이지, 수용소에 수용된 것이나 뭐가 다르랴.
치매노인들에게 오래 오래 살아야한다고
입에 침도 안 바르고 말하는 세상의 자식들에게 물
었다.

어디 치매노인들이 사람이냐.
저렇게 사는 것도 사는 것이냐며 돌아보는
아버지의 병동이 내 무덤처럼 다가온다.

감을 따며

밤하늘 별들이 밤새 내내 춥다고 웅숭그리더니
감잎 수북이 내려 서릿발로 서는 아침.
감나무 위 까치집에서는 아직도
사랑놀이가 덜 끝났는지 자꾸만 옆구리를 붙이라고
목소리 소곤소곤 소곤댑니다.
바지랑대 높이 들어
까치발로 선 뒤꿈치 보다 잘 익은 감을 따면서
남의 집 안방을 들여다보는 것 같아
내 얼굴이 먼저 붉어졌습니다.
사랑은 감나무 끝가지에서도 알전구처럼
아침 해가 뜰 때까지 빛나는 것인가.
허공에서 감 망태기가 자꾸만 헛손질로
빗금을 그어대는 것은
떠날 때 그대가 내 가슴을 그어대던 그 아픔이라는 것을
알기나 할까. 그 날, 감꽃 아래서
감이 익으면 돌아온다고 큰소리치던 그 사람이.
대소쿠리에 붉은 감이 반도 더 찼는데.

절망을 절망하고 싶지 않을 때

등뒤가 보이지 않는다고 절망이라 말하지 마라.

보이지 않는 세상을 향해 조심스럽게
한 걸음씩 내 디디면
발걸음 옮겨질 때마다 다가오는 두려움.

무릎꿇고 두 손을 모을 것 같은
절망의 등뒤에
내 발자국을 찍어 가는
기쁨이 되는 세상을 위하여
세상살이 등에 지고 이렇듯 뒤로 걷는 것은
끝내는 절망조차 사랑하는 일.

절망을 절망하고 싶지 않을 때는 뒤로 걸어라.

커피를 마시는 동안

내가
커피를 좋아하는 것은
순전히 그 여자 때문이다.
그 여자는
내가 커피를 좋아하는 것은
영원히 당신 때문일 것이라고 한다.

사랑은 이렇듯
서로를 닮아 가는 것인가.
서로가 닮아 가는 것은
이렇듯 서로를 사랑하기 때문인가.

아무리 긴
세월의 강을 따라 흘러간대도
서로의 영혼에
지워지지 않는 사랑의 징표로
꽃무늬 하나 새겨 넣어야 한다.
우리가 얼굴을 마주보며 커피를 마시는 동안.

심사

글 한 편을 놓고 몇 놈이
요리를 하겠다고 달려들고 있다.
한 놈은 사스미 칼로 사스미를 떠야 한다고
한 놈은 통째로 철판구이를 한다고
한 놈은 맛만 있으면 그만이지 아무렴은 어떠냐고

문학성과 예술성을 따져봐야 한다며
팔을 걷어붙인다.
아무리 훌륭한 글도, 좋은 글도
읽는 놈이 없다면 그게 어디 글이 다냐?
읽어서 감동 먹고 읽어서 즐거우면 됐지.
그게 진정 살아있는 글이지. 글이 별 것이 다냐?
나발 불지마.
큰나발이 소리도 크다고.
나발같은 소리하고 있네. 스팔, 개나발 같으니라고.

사기꾼

꽃밭에 가서는 나도
꽃이라고 너스레를 떨고
개똥들을 만나면
나도 개똥이라고 우겼다.

세상의 제왕이라고 참칭僭稱하면서
하느님과 동격이라고 큰소리치는 나는 왜
교회당의 종소리를 들으면 가슴이 떨리는 가.
왜, 십자가 앞에 서면
무릎을 꿇고 머리를 조아리는가.

사기를 치고
창을 넘어가도록 기도소리 크게 하는 것은
반성보다 먼저
구원의 약속에 위안을 얻으려는
쩨쩨한 사기꾼이려니.

겨울 눈 내리는 밤

〈적상산의 설경〉 – 화백 **황호철**

들고 간들 어떻고 빈손이면 어떠리.

이제는 돌아가야 하리.

다만 돌아가야 하리.

웃으면서 어깨춤, 울면서 덩실덩실

춤추면서 가야 하리.

향기없는 꽃이 어디 있으랴

아버지를 위하여

큰 것을 해 드리려고 생각하지 마세요.
비싼 것이라야 된다고 생각하지 마세요.
아버지를 위하여.
오늘, 목욕탕에 모시고 가서 등을 밀어 드리세요.
그리고는 손톱 발톱을 깎아드리세요.
그것만으로도 감격할 것입니다.
그것만으로도 삶의 보람을 느끼실 것입니다.
세상의 아버지들은 아주 작고 사소한 일일지라도
자식들이 당신을 위해드린다고 생각하면
어떤 부귀보다도 어떤 영화보다도
더 즐거워하십니다.
아버지를 위하여
이 저녁 밥상에 함께 앉아
밥숟갈 위에 반찬을 놓아드리세요.
아버지의 밥숟갈이 곧
내 밥숟갈이 된다는 것을 생각하면서.
아버지를 위하여 세상의 자식들이 해야 할 일은
아버지. 아버지라고
자주 자주 불러주는 것입니다.

부처님 손바닥

용하다는 점쟁이
지리산 처녀도사를 찾아 가
요즈음, 일이 통 안 풀려서 그러니
부적 한 장, 근사하게 써달라고
정중하게 부탁을 했지.
그 여자가 고개를 푹 숙이더니
손바닥을 내밀더라고.
얼른 알아차리고는
그 손바닥에 사인펜으로
사인을 하듯이 호기 있게
일금 천만 원이라고 썼지.
고개를 들어 나를 찬찬히 쳐다보더니
개 눈에는 똥만 보이는군
혼잣말로 중얼거리고는
경면주사를 푹 찍어 알 수 없는 글자들을
써 놓고는 찢어버리고
써 놓고는 찢어버리고
몇 번을 하더니 송곳눈을 뜨면서
이 잡놈아,
네 가슴에 부적을 써 붙였으니 잘 간수혀.
한 마디 뱉더라고.

그 후로, 몇 년 동안을
생각했지. 왜, 손바닥을 내밀었을까 하고
이제 알았네. 그 손바닥은
부처님 손바닥은
텅 빈 머리통을 채운 뒤 다시 오라는 뜻이었다는 것을.

우리들의 김 선생

한 동안 소식이 없던 김 선생이
퇴직을 했다며 어느 날,
할부 책장사가 되어 나타났습니다.
교사 시절에는 그렇게
올곧게 당당하더니
후줄근한 모습으로 동냥그릇 내밀 듯이
할부 책을 내미는 것을 보고
미래의 나를 보는 것 같아
눈물이 핑 돌았습니다.

부담스런 할부금까지 내 것인 양
덥석 안고 보니
김 선생은 풀 먹여 달인 새 옷이 되어
소풍이라도 가는 아이처럼
얼굴이 환해졌습니다.

수번호囚番號 1075

울지 마라. 너까지 울지 마라. 여기는 눈물 많은 사람들의 열 받는 땅이니. 여기는 짐승만도 못한 인간들의 억울한 도살장이니. 손바닥만한 창, 창살 사이로 아침마다 면회 오는 빛이여, 가서. 차라리 어둠을 불러 와 오래도록 머물게 하라. 아무 것도 볼 수 없다는 것은 모든 것을 잊어버려도 좋다는 것이 아닌가. 때로는 그대가 주고 간 위로의 말들조차 지워버리고 싶다. 지금, 면회를 하면서도 외로운 것은 그대가 돌아간 뒤 그대를 잊을 것 같은 두려움 때문이다. 출구가 닫혀 있다고 절망하지 마라. 나도 알고 있다. 절망이란 껌과 같아서 깨물면 깨물수록 이빨 자국만 선명하다는 것을. 어쩌랴. 절망의 손톱 끝이라도 물어뜯어야 출구가 보일 것 같은 기대에 몸을 기댄다. 인정해야 한다. 아직은 네 가슴에서 내 가슴으로 이어지는 통로가 환하다는 것을. 어딘가에 있을 것 같은 출구를 찾아 어둠을 더듬는 사람아, 나 이대로 잠들고 싶다. 어둠의 이불을 식어 가는 이마 위까지 끌어 덮어 다오, 들려오는 어머니의 저 자장가가 끝나기 전에.

곤 달걀

삶에 염증이 나고
살기가 팍팍하거든
중앙시장 달걀골목에 가보라던
그대여.

나는 보았다.
스므하루를 못 견디고
저 세상으로 간 곤 달걀속에서
지구의 윤회처럼 확실한 생의 약동을.

낙오의 살점에
맛소금을 찍으니
달기똥 같은 눈물이 난다.

휴대폰을 든 외로운 원숭이

나무에서 떨어지는
결정적인 실패를 해보지 않은 원숭이는
성공의 기쁨이 뭔지를 모르지.
밥 먹듯이 배신 때리는 세상에
신의가 소중하다는 것도 너희가 알기나 해?
실패와 배신은 당근이라고
눈 하나 꿈쩍하지 않고 말하는 원숭이들은
정말 도둑놈들이지.
실패가 두려워 도전은 아예 엄두를 못 내고
배신이 무서워 관계를 맺지 않는 원숭이들은
옛날 같으면 처자식을 먹여 살려야 할 나이에
독립은 고사하고 용돈을 타 쓰면서
휴대폰으로 문자를 날리며 하루해를 죽이다가
때가 되면 부모가 뼈 빠지게 번 돈으로
결혼을 하고 아파트에서 털 고르기를 하면서
취직을 하자니
쥐꼬리만한 월급에 자존심이 상하고
놀고먹자니
부모님께 은근히 미안하고
이도 저도 못하는
휴대폰을 든 원숭이야. 너, 외롭구나. 그치?

철인동 친구네

물어물어 찾아간 친구의 집은 철길 옆 철인동이었다. 빈집 문을 밀고 나온 친구의 노모는 백열등 아래서 실눈을 뜨더니 한참 만에 나를 알아보고는 눈시울을 붉혔다. 북통만한 방에는 아이 셋이 자고 있었다. 막내인 듯한 아이가 부스스 일어나더니 눈을 감은 채 방구석에 놓인 물에 담근 보리쌀을 손으로 집어먹고 있었다. 어린것이 생보리쌀을 먹고 있는데도 친구도 친구의 노모도 아무 말을 하지 않았다. 그런 행동을 단호하게 나무라지 않는 그들을 내가 마음속으로 나무랐다. 기차가 또 목이 터져라 큰소리로 울며 지나갔다. 아이들은 아무 일도 없었다는 듯 허리를 꺾은 채 새우가 되어 어둠의 바다 속을 헤엄치고 있었다. 지금쯤 아이들이 엄마는 어디선가 짜디짠 밤바람을 한 수저씩 떠먹고 있을 것이고 친구는 종이컵에 소주를 맹물처럼 따르고 있었다. 통금 해제 사이렌이 멀리서 아물아물 귓전을 울리고 있었다. 친구의 노모는 옆에 앉아서 연신 하품을 해대고 나와 친구는 쏘아 올릴 아침해를 화롯불에 굽고 있었다.

생의 골목길

늦은 밤
골목길에서 한 사내가
술에 취해 비틀거리더니
담벼락에 오줌을 갈겨댄다.
고개를 젖혀 하늘을 보면서
희죽희죽 웃는다.

그래. 나도 그대처럼 한 번
취해보고 싶었다,
사람들 틈에서 한 번
희죽희죽 웃어보고 싶었다.

생의 절벽에서 취한다는 것이
얼마나 아름다운 일이냐.
생의 빈 바닥에 오줌을 갈겨대는 일이
얼마나 거룩한 일이냐.

사내야,
그대가 내 대신 매를 맞는구나.

만년 평교사

며칠 전, 교장이 신문을 내밀면서
이게 무슨 자냐고 물었다.
나는 자신 있게 대답했다.
"아부라고 읽는데요.
아부阿附라는 것은 명사로서
남의 환심을 사기 위하여 알랑거린다는 뜻이고요.
아첨阿諂이라는 말과 같은 말이지요" 라며
주석까지 달아줬다.
"역시 자네는 머리가 좋아"
교장은 빙긋이 웃으면서 나를 바라보았다.

영하의 날씨인 오늘 아침
손이 시려 손바닥을 비비면서 알았다.
그게 내게 한 말이라는 것을
열나게 손바닥을 비벼 봤지만
불은 나지 않았다.
지나가는 말 같았던 교장의 그 말이
칼이 되어 내 가슴을 그어댔다.

부의

조문하기 위해서 부의 봉투를 쓴다.
"賻儀" 라고 번듯하게 써 놓고는
다시 "祝 死亡" 이라고
마음속으로 쓴다.
너무 오래 머무는 것도 욕이 된다며
웃던 망자를 생각하면서.
지금쯤, 황천길을 훠이 훠이
두 팔을 힘차게 저으면서 가고 있을
망자의 뒤꿈치에 대고
"안녕히 가세요" 라고 인사를 한다.
부의 봉투를 흔들면서 큰 소리로.

영정影幀 앞에서

행복하냐고
그 여자에게 물었다.
고개를 숙이더니
머리를 저으며
커피 잔만
만지작거리고 있었다.
나는 속으로
그래, 참 다행이다.
늘 나만
불행하다고
생각하고 있었는데.

그 여자에게 옛날처럼
오늘 또 물었다.
지금은 어떠냐고
그 여자의 외롭고
추운 날들이
영정 속에서
하얗게 웃고 있었다.
내가 소주 몇 병을
다 비울 때까지.

못 박기

아내가 벽에 못을 박아 달란다.
못을 박으며 생각했다.
지금, 내 못질에 벽이 울듯이
얼마나 많은 날들을 아내 가슴에 못을 박아
아내를 울렸던가. 어느 세월에
그 많은 못들을 뽑을 수 있을 것인지
아득하다.

옆에서 보고 있던 아내가
웃으면서 말했다.
당신은 정말, 못 하나는 잘 박아
속으로 대꾸했다. 그래, 박을 줄만 알았지
뺄 줄을 모르는 멍텅구리지.

아내는 못을 박느라 수고했다고
칭찬을 했지만 나는 아내에게
진심으로 용서를 빌었다.
아내의 가슴에 못 박은 그 많은 날들을.
미안하다. 정말 미안하다. 그 한 마디를
시원하게 뱉지 못하고 우물우물 삼키면서.

가난을 사랑하기를

우리 모두 행복해 질 때까지.
가난의 눈물이 마를 때까지
가난을 사랑하기를. 슬픔이 가난이지 않기를.

가난하다는 것은 불행하다는 것보다 행복하고
행복의 원천은 가난에 있나니
진정, 빈손으로 희망의 한 쪽 끈을
단단히 움켜 쥔이여.
누구나 시작은 빈손이었던 것처럼. 지금은.
하늘이 노랗고 앞날이 캄캄하다고
한숨만 쉬는 것은 절망까지 절망하는 일.
가난을 비난하는 사람은 행복도 비난을 하지.
빈손은 부끄러운 일도 숨길 일도 아닌
살아가는 동안 잠시 그대에게 머무는
가난이라는 불편일 뿐.

우리 모두 웃을 때까지.
가난한 가슴이 따뜻해 질 때까지
가난을 사랑하기를, 가난이 두렵지 않기를.

부모

어머니가 큰 무쇠 솥이 걸려 있는 아궁이에 불을 땝니다. 나무부지깽이 끝에 불이 빨갛게 붙어 있습니다. 나는 그게 그렇게 신기하고 좋게 보였습니다. 어머니가 잠시 땔감을 가지러 헛간으로 가신 사이 나는 불이 붙은 나무부지깽이를 들고 허공에 원을 그려보기도 하고 또 톱날 같은 모양으로 산을 그려보기도 하였습니다. 파랗고 가는 연기가 허공에서 실낱같이 춤을 춥니다. 너무너무 신나는 놀이였습니다. 땔감을 가지고 부엌으로 돌아오신 어머니가 이 광경을 보셨습니다. 나는 얼른 나무부지깽이를 등 뒤로 감추었습니다. 그리고는 어머니의 표정만 살폈습니다. 뜻밖에도 어머니는 웃으시면서 "그게 그렇게 좋으냐?" 고 물으셨습니다.

지금 내 아이가 그런 행동을 하였다면 나는 큰 소리로 "불장난 하지마. 잘못하면 불난다. 임마" 라고 호통을 쳤을 것입니다. 그 때 아무 말도 않으시고 조용히 바라만 보시며 웃으시던 어머니 마음과 지금 내 마음과는 똑같은 부모 마음인데도 너무 다르다는 것을 알았습니다.

발자욱

하얀 눈 위에
새 발자욱
뒤따라간 개 발자욱
뒤에
또 사람 발자욱

찍히고 찍고 간
발자욱들을 보면서
발자욱은 도장 같다는 생각이 든다.

새가 찍은 도장
개가 찍은 도장
사람이 찍은 도장

생김새와 크기와 몸무게에 따라
찍히고 찍은 도장들
그 많은 도장들 속에서
내가 찍은 도장을 찾는다.

간병

아버지께서 눈을 감고 계신다.
이승에서 며칠을 살다가
저승에서 며칠을 유하시다가
오가시느라 힘이 드신 지 호흡이 거칠다.
간병하는 이 자식은
삶의 강에서 월척 한 수 하지 못하고
겨우 피라미 몇 마리 건져 올렸다.
어느 날, 당신의 어망 속 물고기들을
다시 강으로 보내줄 때
은근히 몇 마리 건네주기를 바랬지만
한 마리도 주지 않으셨다.
그리고는 낚시는 9할이 노력이고
나머지가 머리라며
네 물고기는 네가 잡아야한다고
무정하게 말씀하시던 아버지.
그런데요, 지내고 보니 낚시는
운칠기삼運七技三일 때가 더 많았거든요.
귀에 대고 큰 소리고 말했지만
아버지께서는 끝내 아무 말도 하지 않았다.

새옹塞翁의 말

늙은 부모의 등골을 빼먹으며 대학을 나와 턱걸이 몇 번에 겨우 직장을 잡았다. 빽이 없어서 인지 아니면 관운이 없어서 인지, 평생을 말석에서 헤매는 만년 계장이다. 요즈음은 여편네도 눈을 아래고 깔고 대하고 자식놈들도 애비 알기를 우습게 안다. 늘 무시를 당하는 것 같아 화가 나고 가시 방석에 앉은 듯 심기가 불편하다. 말할 것도 없이 출세를 못했다고 생각하니 주눅이 들어 살고 있다, 김 계장은 어느 날, 신문을 보다가 한양 땅에서 푸른 기와집을 들락거리며 잘 나간다는 친구녀석이 오랏줄에 굴비가 되어 엮여 갔다는 기사를 보고 아뿔싸. 가슴을 쓸어 내렸다. 날아가는 새도 떨어뜨린다는 쥐새끼 같은 놈이 아니던가. 초등학교 때는 만만한 내 밥이었던 녀석이 눈알이 뒤집혀 뵈는 것이 없었던지 친구들이 찾아가도 면회사절이라고 손을 내 젓다가 결국은 신세가 골로 갔다. 지금쯤 콩밥을 먹으며 검은콩과 흰콩을 가리고 있겠지 생각하고 있는데 새옹의 말이 돌아오고 있었다, 달려오는 말을 보며 참으로 오래간만에 키득키득 웃었다. 김 계장은 눈물을 찔끔거리며 배꼽이 아프도록,

사람노릇

세상에서 가장 어려운 일이 사람노릇이다.

부모노릇이다.
내 속으로 낳았다고 해서 자식이 아니다.
먹이고 입히고 가르치는 일을 다 할 때 부모가 아니더냐.
수많은 자식들이 길바닥에 버려져
고아원이나 미아보호소에서 어둠의 이불을 덮고
뒤척이며 날을 새는 아이들의 부모들은
어디에서 또 부모노릇을 하는가.
자식노릇이다.
공경하고 봉양을 할 때 자식이라는 이 땅의
노인복지시설이나 양로원을 보라.
얼마나 많은 부모님들이 내 팽개쳐져 있는가
앉으면 자식자랑 서면 문밖을 하염없이 바라보면서
말 못할 사정이 있는 것이라고
내 자식만은 나를 버린 게 아니라
잠시 이곳에 맡겼을 뿐이라며 자신을 다독인다.

힘 부치지 않은 부모가 어디 있으며
힘들지 않은 자식이 어디 있으랴. 그러나,
세상에서 가장 쉬운 일 또한 사람노릇이다.

산당화

가시를 삼킨 아픔 때문에
꽃은 붉다.
산당화는 애시당초 그대를
못 오를 나무라는 것을 알고 있었기에
무릎을 꿇은 것이다.

사랑하는 일은 이렇듯
자세를 낮추어 해야 하는 일.
정말이지, 관절이라도 꺾어야 꽃은
핀다는 것을 알았더라면
진즉 갈비뼈라도 빼주었을 것을.

바늘로 손끝을 따 검은 피를 뽑아내야
체한 것이 내려가듯이
가시로 제 온 몸을 쪼아
선혈이 낭자할 때 사랑은 고통 속에서도
향기로운 상처이다. 아니면
제 손가락으로 제 눈을 찔러 두 눈이 먼뒤
꽃이 붉다는 것을 알았을 때
비로소 산당화는 봉긋 꽃문을 연다

신년 정기총회

짜릅시다. 너무 비대해졌으니
우리 모임도
위상을 세울 때가 됐으니 이름만 걸어놓고
코빼기도 안 보이는 사람.
회비 한 번 제대로 안 낸 사람.
이 기회에 모두
짜릅시다. 그리고
회원관리규정도 만들어 엄격히 적용합시다.
잘 나가는 젊은 회원의 말이었다.

그렇다. 다리를 짜르면 걸을 수가 없고
팔을 짜르면 밥을 먹을 수가 없다는 것을 모두들
알고 있었지만 아무도 입을 열지 않았다.

그 때
한 늙은 사내가 외쳤다. 저기 봄이 온다고
회원들 모두가 창문 쪽으로
일제히 얼굴을 돌렸다. 이승의 문을 연 매화나무
짤려나간 어깨위에 매화꽃이 붉다.

귀향 길

돌아가야 하리.
누구는 웃으면서, 누구는 울면서
가야 하리.
솔밭 지나지나 그리운 길 더듬어
우리 모두, 돌아가야 하리.

자가용 타고 가는, 사탕 먹은 춘풍이 아저씨.
별 아래로 기어들어 가는, 살림 거덜 낸 진돌이 큰 형님.
꽃 핀다고 웃으면서
꽃 진다고 울면서
어깨 걸고 발맞추어 함께 가야 하리.

거친 세상 모질게 살아서
꿈꾸면 눈물인 것을.
험한 세상 두리번거리다가
돌아보면 빈 껍질만 남은 것을.
손가락 걸어 약속한 님 가마 타고 갔어도
논두렁 밭두렁에 앉아 막걸리 한 잔 나눌 사람 없어도
마음 먼저가면 몸 뒤따라가리.

들고 간들 어떻고 빈손이면 어떠리.

이제는 돌아가야 하리.
다만 돌아가야 하리.
웃으면서 어깨춤, 울면서 덩실덩실
춤추면서 가야 하리.

운주사 와불

오늘 하루도 무사하였음에 합장을 하고 누운 와불 옆에 나도 따라 누웠다. 베개도 없는 알머리가 땅바닥에서 밤하늘을 본다. 나도 와불처럼 밤하늘을 본다. 와불은 중생을 생각하고 있었고 나는 내 별을 찾고 있었다. 와불이 낮에 산 아래에서 했던 일을 생각한다. 사립문마다의 염불소리며 빈 시주그릇에 떠다니는 회색빛 구름이며 발바닥 부르트게 걸어 온 저녁 길을 떠올린다. 번뇌가 아물아물 멀어지고 와불의 코고는 소리에 숲 속 새들이 뒤척인다. 나는 밤새 몸을 흔들어 목탁소리를 내면서 와불이 왔던 길을 따라 갔지만 와불은 되지 못했다. 샛별 하나 졸린 눈을 뜨더니 지상으로 내려 와 부처가 되었다.

우도

우도에서는 파도가
둥둥둥 북소리를 내면서 철썩이는 것은
소의 가죽이 벗겨지는 소리이다.
그리하여 종당에는
한 끼니의 부드러운 안창살이나
한 잔 술의 안주꺼리 꽃등심으로 남는 것이다.
목덜미에 멍에를 걸고 앞다리에 힘을 주어
자맥질하는 소들의 큰 눈망울 속에
푸른 바다가 열린다.
뭍에서 쫓겨온 투기꾼들이나
잡놈들이 제 발로 걸어서 유배되어 올 때
쉰 목소리로 울던 우도.
노동의 고통보다 사육 당하던 괴로움이 도살된
소 발자국들이 산호 백사에 어지러이 찍혀 있어도
우도에서는
쇠똥에 미끄러져 소가 된 사람은 아무도 없다.

그런 겨울밤

그랬던 밤을 생각해 냈다.
연탄 한 장이
허리를 다친 아버지의 언
등짝만 녹이던
연탄 한 장으로는
주둥이에서 똥구멍까지 삐쭉 마른
구들장의 내장을 달랠 길 없던
그런 긴긴 겨울밤을.
추우면 추울수록
솜이불 한 장을 형제들이
서로 끌어 잡아당기다가
결국에는
힘 센 큰형이 돌돌 말아 감고
방구석으로 뒹굴어 가던
밖에는 밤을 세워
더럽게도 눈 왕창 내리던
밤, 약속한 밤.

도시가스가 미친 듯이 타고 있는
아파트에서
반팔 런닝구를 입고

유리창 넘어 도로의
저 가로등 불빛 아래서
유리알처럼 떨고 있는 빙판을 보고
생각해 냈다.
그랬던, 그런 겨울밤을.

사랑은 편지가 아니다

아픈 추억을 가졌다는 것은 사랑에
상처를 받았다는 것이다.
사랑에 상처를 받았다는 것은
타인의 시선을 의식하거나
하찮은 자존심 때문에 진심을 외면하고
사랑하는 사람의 등을 떠밀어 보낸 기억이다.
아니면 사랑하는 사람 보다 한 발짝 앞서 갔거나
사랑하는 사람보다 한 박자 늦게 갔다는 것이다.
사랑하는 사람과 어깨를 나란히 하고
같은 방향을 바라볼 때 한결같은 사랑은
편지가 아니다. 쓰고 싶을 때 써서
붙이고 싶을 때 부치는 그런 편지가 아니다.
답장이 꼭 온다는 기약도 없고
내 사랑이 꼭 답장을 해야 한다는 의무도 없다.
한 번 보낸 편지는 다시 고쳐 쓸 수 없는 것처럼
시작을 마지막처럼, 마지막을 시작처럼
내 마음을 보내고
하염없이 기다리는 바보 같은 짓이 사랑이다.

운동화

늘, 내 건강을 염려하던 운동화가 댓돌 아래서 비를 흠뻑 뒤집어썼다. 밤새 내내 아내가 연탄화덕가에 앉아서 눈을 비벼가며 젖은 운동화를 말렸다. 고슬고슬한 운동화를 신고 아침 조깅을 나가려고 발을 밀어 넣는 순간 운동화가 입을 앙다물고 발을 거부하며 꿈쩍도 하지 않는다. 신어보려고 애를 쓰면 쓸수록 운동화는 더욱 요지부동이다. 슬며시 부아가 치밀어 오른 나는 오른 손으로 아가리를 억지로 벌려 검지손가락을 목구멍 깊숙이 집어넣고 휘저었다.
운동화는 어쩔 수 없다는 듯이 지금까지 내가 걸어왔거나 뛰어온 길들을 한꺼번에 토해낸다. 어느 길은 가늘며 길고, 어느 길은 환하게 웃고. 어느 길은 캄캄하게 우거지상이다. 발이 입안으로 들어가자. 아무 일도 없었다는 듯이 운동화는 내 발을 따뜻이 감싸며 오늘도 함께 길을 열려보자고 한다. 길 저편이 끝내는 허공의 자리일지라도.

일기

멀리 사람의 집들이 하나 둘 고단한 하루를 눕히면 나는 어둠의 하늘을 이고 의자를 끌어당겨 일기를 쓴다. 야윈 가슴을 억누르며 일기를 쓴다는 것은 누군가에게 편지를 쓰는 일이다. 그리움의 우표를 붙여 보내고 싶어도 받아줄 사람이 없는 안타까운 편지지라는 것을 알면서 세월의 강을 따라간다는 것은 강 하류 어디쯤 퇴적물이 되어 쌓여 가는 일일 뿐. 한 때는 우체통을 빨간 신호등이라고도 생각했다. 건너고 싶어도 건널 수 없는 횡단보도 위의 신호등은 신호가 바뀔 때까지 기다리거나 아니면 빨간 불이 켜진 채 영영 고장일 수도 있는 불안 같은. 그러나 나에게 일기는 한 여자에게 건너갈 수 있는 통로였다. 어느 때는 그 통로에 빛이 가득 차 설레임의 파문이 크기도 하였고 어느 때는 답답한 날들이 절벽처럼 가로막기도 하였다. 그 때 마다 일기장에 내 마음을 가득가득 그려 나를 달래다가 그러다가 지치면 참을 수 없는 설움이 떨어진 꽃잎이 되어 내 영혼에 번지기도 하였다. 일기 한 장을 써 보지 않고서 세상을 다 보았다고 큰소리치는 사람을 어느 길모퉁이에서 만난다면 나는 바람소리를 내며 펄럭이는 일기장이 될 것이다.

나는 한 여자를 보내고 촛불의 눈물이 다 마를 때까지 무릎을 접고 등을 휘어 촛불을 지키고 있었다. 그리고는 이 세상 어느 하늘 아래서 또 다른 길을 가는 동안 나를 잊기 위해서 뒤를 돌아보지 말아 달라고 오늘은 이렇게 일기를 써야겠다. 한 여자를 보낸 것은 내가 슬퍼지기 위해서 보낸 것이 아니라 그 여자가 나를 울리기 위해서 떠난 것이라고 그리하여 내가 아는 가장 쓸쓸한 노래를 오래오래 부르다가 어느 날, 누군가 부르는 소리에 환하게 달려갈지도 모른다고 내가 부르던 노래 다 잊어버리고 봄동산에서 꽃을 보며 손뼉을 치면서 손바닥이 아프다는 것을 알게 될 것이라고 밤하늘, 별이 쏟아지는 창가에 앉아 쓴 일기를 몇 번이고 읽으면서 어둠 속에서 쓴 일기가 지상에서 가장 영롱하게 빛나는 별이 될 수 있다는 것을 믿는다. 이 땅에서 서로 등을 보이며 제 각각 갈 길을 가는 외로운 사람들을 위하여 창이 밝아오는 새벽 교회당의 붉은 십자가를 보며 일기를 쓴다.

✻ ✻ ✻ ✻ ✻ 후기 ✻ ✻ ✻ ✻ ✻

왜, 나는 시를 쓰는가!

누구나 한 때, 시인이나 소설가가 되고 싶은 생각을 가졌을 것이다. 나에게도 시나리오 작가가 되어보겠다고 하는 옹골찬 꿈이 있었다. 그 꿈을 이루고 싶어 시나리오 몇 편을 구해 밤을 새워 읽고 또 읽었다. 그러던 고2 어느 날, 종례시간에 담임선생님께서 교지를 발간하니 원고를 제출하라는 숙제를 냈다. 고민에 고민을 하다가 친구와 의기투합해서 콩트 한 편을 만들기에 이르렀다. 그리고 제목을 '선물' 이라고 붙였다. 그 글이 교지에 실렸다. 그게 나와 활자와의 첫 만남이었다. 그 일이 있으면서부터 글 쓰기에 관심을 갖게 되었고 독서를 많이 해야 한다는 생각을 하게 되었다. 그 때부터 닥치는 대로 책을 읽었다. 그러는 동안 졸업을 하게 되고 대학시험을 보게 되었다. 모 대학 국문과에 응시했다. 물론 낙방이었다. 시집이나 소설만을 줄창 읽어대며 입시공부를 소홀리했으니 너무 당연한 결과였다. 집에 처박히게 된 나는 무료한 시간을 보내게 되었다. 할 일이 없어 빈둥대는 것은 너무나 심심한 일이었다. 그 심심한 시간을 때우기 위해서 또 시집이며 소설을 들추었다. 그 때 내게는 친구도 문학적 스승도 없었다. 스스로 친구가 되고 말동무가 되고 책은 스승이 되고 스스로 제자가 되었다. 시간이 흘러가는 동안 내 봄날이 허무하게 저물어 간다는 생각이 자꾸만 불안하게 만들었다. 그렇게 시간을 죽이고 있을 때 여동생이 대학 입학원서를 사들고 왔고, 여동생과 아버지에게 등 떠밀려 교대에 입학을 하게 되었다. 대학생활이 시작되면서 학교 도서관에 열심히 쫓아 다녔다. 그것은 도서관에서는 책을 마음대로 읽을 수가 있었기 때문이다. 그 때부터 시가 내게로 와서는 세상을 보는 눈을 뜨게 하였다. 학교를 졸업하자마자 군대에 갔다. 그 시절만 해도 문맹자가 꽤 많아서 편지를 대신 써주는 일이 자주 있었다. 부모님께 안부편지나 여자 친구에게 연서를 써 주는 일은 나에게는 의미 있고 즐거운 일이었다. 틈만 나면 시를 끄적이기도 했다. 지금 생각하니 그 때가 글을 쓰는 연습기간이였던 셈이다. 제대를 하고 정읍 오지 학교로 발령이 났다. 하숙을 하면서 마음놓고 글을 쓸 수가 있어 너무 좋았다. 봉급을 받으니 내 맘대로 책을 살수가 있었고 혼자 있으니 얼마든지 글을 쓸 수가 있었다. 돌이켜 보면 내 생의 가장 행복한 시간들이 그 때가 아니었나 싶다. 어느 날인가 부터 나도 승진을 해야 한다는 생각을 하였다. 가방 하나 달랑 들고 산 섧고 물 설은 무주 땅 벽지학교를 찾아갔다. 학교관사에서 자취를 시작했다. 벽지에서의 생활은 생각보다 호락호락하지 않았다. 어디에도 마음을 붙질 곳이 없었다. 방과후에는 아이들에게 글짓기 공부를 시키는데 혼신을 쏟아 부었다. 각종 지상에 투고를 하여 수상을 하고 즐거워하는 아이들에게 보람을 느끼기도 하였다. 퇴근을 해서는 방문을 꼭꼭 걸어 잠그고 시를 썼다. 나는 정식으로 시 공부를 하지 않았다. 뿐만 아니라 그 흔한 문학교실에도 가 본 일이 없다. 시를 어깨 너머로 배웠고 내가 아는 일은 시 공부를 많이 해야 한다는 것과 내가 할 수 있는 일은 시를 쓰고 또 쓰고, 고치고 또 고치는 일이었다. 내 시의 수준이 어느 정도이고 이게 정말 시인지 누구에게 물어 볼 만한 사람도 없었고 평을 달아 줄 사람도 없었다. 그러던 어느 날, 생각해 낸 것이 신문이었다, 신문사에 시 한 편을 보냈다. 94년 12월 15일 목요일 서울신문에 "작별" 이라는 시가 게재되었다. 신문을 보면서 늘 하찮고 별 볼일 없다고 생각한 내 시가 심사위원의 마음을 움직였다는 생각에 눈물이 났다. 그 때부터 본격적으로 시에 매달렸다. 물론 내 시가 상투적인 말장난에 덧칠한 부분이 있다고 종아리를 걷으라고 하는 사람도 있다는 것을 알고 있다. 이렇듯 형편없는 것일지라도 내게는 시가 밤하늘의 별과 같은 것이고 시를 쓰는 그 순간만큼은 행복하고 귀한 시간들이다. 내가 왜, 시를 써야 하는지. 왜, 시 쓰는 일에 목숨을 걸어야 하는지. 진지하게 생각해 보았다. 나는 고백한다. 그것은 내가 외롭고 힘들고 홀로 추위에 떨고 있던 날. 나를 위로해 주던 사람들을 위로해 주기 위해서 시를 쓴다고. 그리고 사람과 사람들 틈에서 부대끼고 어울리면서 세상의 고단한 길을 가는 모든 이들을 위해서 써야 한다. 그리고, 사람들을 위로하는 것이 끝내는 세상을 위로하는 것이라고 생각한다. 진정 훌륭한 시가 어떤 것인지는 잘 모르지만 이 세상 어느 길가의 풀잎에 맺힌 아침이슬 같은 생을 살면서 시를 쓰는 일에 내 모든 것을 걸리라. 내가 태어난 이 땅과 꽃같은 아이들을 위해서 이 밤에도 시를 쓴다.

청어 장형수